中国非物质文化遗产
——民间文学

中国大百科全书出版社

图书在版编目（CIP）数据

民间文学 / 陈光编 . -- 北京 ：中国大百科全书
出版社，2012. 12
（中国非物质文化遗产丛书）
ISBN 978-7-5000-9032-8

Ⅰ. ①民… Ⅱ. ①陈… Ⅲ. ①中国文学—民间文学—
中国 Ⅳ. ① I207. 7

中国版本图书馆 CIP 数据核字（2012）第 269960 号

责任编辑： 余　会
责任印制： 魏　婷

中国大百科全书出版社出版发行
地　　址： 北京阜成门北大街17号
邮政编码： 100037
电　　话： 010-88390713
网　　址： http://www.ecph.com.cn
印　　厂： 青岛乐喜力科技发展有限公司
经　　销： 新华书店经销
开　　本： 720毫米 × 960毫米　1/16
印　　张： 7
字　　数： 220千字
版　　次： 2015年11月第1版
印　　次： 2019年1月第7次印刷

ISBN 978-7-5000-9032-8　定价：25.00元
本书如有印装质量问题，可与出版社联系调换。

序言

所谓“遗产”，就是先人留给我们的有价值的东西。它可以是有形的，如钱财、建筑、古玩、图书，等等；也可以是无形的，如好的家风、有益的教导、民族精神，以及生活经验、技能、知识等。

日本早在1950年就开始立法，保护那些无形的，但是有价值的文化遗产，即“非物质文化遗产”，也就是无形的文化遗产。2003年，联合国教科文组织颁布了《非物质文化遗产保护公约》，由此推动了非物质文化遗产保护在全球的推广。

《公约》定义的非物质文化遗产，是指那些被各地人民群众或某些个人视为其文化财富的各种社会活动、讲述艺术、表演艺术、生产生活经验、各种手工艺技能，以及在讲述、表演、实施这些技艺与技能的过程中所使用的各种工具、实物、制成品，以及相关场所等。

在近年的实际工作中，对于非物质文化遗产，人们认为至少应包含这样几个要素：一是非物质文化遗产是以人的传承为基础的；二是必须以活态传承为标准。已经消失的技艺不能算；三是传承历史不能少于百年；四是任何技艺、知识都要通过一定的载体体现出来。想信仰、观念、道德等精神的东西，必须落实在看得见、摸得着的各种工具、实物、制成品上面；五是这些遗产必须具有积极的、重要的价值，才能算非物质文化遗产。像缠足，虽然也是专门技艺，历史悠久，但是封建落后习俗，没有正面意义，所以也不能算。

保护这些非物质文化遗产，可以帮助我们去印证过去的历史，弥补正史的不足；还可以帮助我们认识本民族的文化传统，了解人类文化的多样性与地域文化的独特性。对于中华民族来说，非物质文化遗产在丰

富民族文明宝库的同时，也为中华文化的创新提供了充足的人文资源。非物质文化遗产中的许多大类，如建筑装饰艺术、绘画艺术、戏曲艺术、书法艺术、传统音乐、民间舞蹈……还具有高超的艺术价值，它们可以直观、形象地作为历史和文化的表达。艺术价值已成为评选非物质文化遗产的重要内容之一。而那些精美艺术品背后的科技水平，以及对社会的正能量释放，也是它们的价值所在。

自2003年中国的非物质文化遗产保护工程启动以来，国家级非物质文化遗产已经评选了三批，入选项目逾千。并且建立了国家级非物质文化遗产名录体系，尤其是全面启动了非物质文化遗产的教育工作。非物质文化遗产教育已纳入整个国民教育体系，进课堂，进校园，进教材，使更多的青少年能够近距离地感受和了解我国优秀的传统文化。

本书正是秉承这一宗旨，为广大中小学生编写的首部系统介绍我国非物质文化遗产资源和保护价值的通俗读物。阅读本书，有利于广大青少年增强对民族文化的了解，从而增强民族自豪感，激发起建设祖国的信心和决心。

非物质文化遗产保护专家　高巍

2012年冬至于北京

目录

第一篇　口头神话

第二篇　史诗

目录

第三篇　民间传说

第四篇 民间故事

第五篇 说唱文学

第六篇　叙事诗

第一篇

口头神话

所有的民族均有自己的神话，最初它们在民间口头流传，不断完善，后来经过搜集、记录和整理才有了固定的形式和内容。

所谓神话，就是古代人类解释世界的起源和各种自然现象，讲述神、妖魔或超人的事迹，叙述发生在远古时代的非凡事件的故事和传说。它是早期人类借助想象和幻想将自然力拟人化，对世界和社会生活的原始理解的象征性表达。神话普遍存在于各民族的社会史中，是人类文化的基本组成部分。

人们一般将神话划分为 3 种形态：①从原始人类幼稚的想象和幻想中产生的创世和自然神话。依照人神同形的观念，赋予代表或主宰各种自然现象（如大地和天空、日月和星辰、雷电、海洋、森林、河湖以及动植物等）的神以人的形象，如中国神话中的女娲、雷公等。②关于半神和英雄的神话。据考古发现，神话中讲述的某些故事往往有一定的历史根据或甚至本身就是历史事实，如希腊神话中叙述的特洛亚战争确有其事，只是其中人物被神化。许多神话反映早期人类社会的状况，如群婚制、母权制、父权同母权的斗争，黄帝与炎帝之战的神话等。③涉及各种宗教信仰和民间习俗的神话。有关于救世主和魔鬼的神话、关于死亡和复活的神话、天国和地狱神话，如中国的《苗族古歌》、满族的尼山萨满传说等。

盘古神话

关于天地开辟的神话。始见于《艺文类聚》所引三国时吴人徐整的《三五历纪》和清人马骕《绎史》所引《五运历年纪》。内容大概是说，远古时天地混沌像个大鸡蛋，盘古就生长在这个大鸡蛋中。经过18000

年，天和地分裂开来，阳清为天，阴浊为地。盘古在天地当中，智慧超过天，能力超过地。天，每天升高一丈；地，每天加厚一丈。盘古的身子也每天伸长一丈。这样又经过 18000 年，天极高了，地极厚了，盘古的身子也极长了。盘古临死时，呼出的气成了风和云，声音成了雷霆，左眼变成太阳，右眼变成月亮，四肢五体变成大地的四极和五方的名山，血液变成江河，筋脉变成道路，肌肤变成田土，头发和髭须变成天上的星星，皮肤上的汗毛变成草和树木，牙齿和骨头变成金属的矿物和岩石，精液和骨髓变成珍珠和美玉，流的汗变成雨……盘古用他的身体化成世界万物。盘古神话和《山海经》所记的烛龙神话有相似之处，或者就是这一神话的演变，后来又吸收了南方民族盘瓠传说的某些因素，才创造出这样一个开天辟地的神话人物。到明末周游写《开辟衍绎》，盘古手里又给加上了斧头和凿子这两件劳动工具，故事内容发展含有劳动开辟天地的观念。

邵原神话群

河南省济源市邵原镇及其周边地区广为流传的创世神话及其原型物遗存。内容异常丰富，从盘古开天、女娲抟土造人、伏羲画八卦、女娲补天、神农尝百草和播五谷，到黄帝战蚩尤、大禹治水等，几乎囊括了中国汉民族文明创始时期的所有神话。这些神话，大都是关于神或半人半神的故事，是远古时代人们解释自然现象，解释人与自然的关系，说明人类和物种起源等具有高度幻想的故

事。邵原创世神话群，具有极高的文化学、社会学，以及人类学的研究价值。

司岗里

佤族民间创世纪神话传说。“司岗”，佤语指葫芦或山洞，“里”是“出来”的意思。司岗里即指人类的祖先是从葫芦或山洞里走出来的。广泛流传于佤族民间的司岗里传说认为，自己拥有太阳、月亮、山林、动物及其一切，这一切都是有灵的，都按照他们的意愿存在，也主导着他们的生老病死。司岗里是佤族历史以及佤族文化的总源头，涵盖了佤族的木鼓文化、剽牛文化、饮食文化、建筑文化、服饰文化、歌舞文化、酒文化等。

第二篇

史诗

史诗是古代民间文学的一种体裁，通常指以传说或重大历史事件为题材的古代长篇民间叙事诗。史诗在内容方面同神话有紧密的联系，主要歌颂每个民族在其形成和发展过程中战胜各种艰难险阻、克服自然灾害、抵御外侮的斗争及其英雄业绩。比如古希腊的荷马史诗等。人们一般将中国的史诗划分为创世史诗、迁徙史诗和英雄史诗三种形态。

史诗在其产生的初期，一般以口头创作形式在民间流传、吟诵，随着时间的进展，不断吸收各种成分，丰富内容，增添情节，然后由专人整理、加工，经过文字记载，成为一部统一的作品。至今所见的绝大多数史诗是韵文的，也有散韵兼行的。这种韵文文体形式与史诗的口头传承的属性直接相关。在许多族群中，史诗总是以一个演唱传统，而不仅是一篇作品的面目出现。

《阿细先基》

彝族支系阿细人史诗。流传在云南省弥勒县西山一带。以固定的先基调演唱而得名，往往通过对唱提问、对答的方式，展开诗篇。句式一般为五言，但到了“求爱”等感情激烈的段落时，间用六言和长短句，以便于抒情。全诗5500余行，除引子和尾声外，主要包括两大部分，即“最古的时候”与“男女说合一家”。长诗第一部分有序诗、创世记、开荒记、洪水记；第二部分有谈情记、成家记。以后又有不同的整理本。内容广泛，生动、形象地反映了阿细人民从原始社会到阶级社会的各个阶段的不同生活侧面，神话和现实交织，理想和史诗融合，既是文学，也是历史。

《布洛陀》

壮族的长篇诗体创世神话。自古以来口头方式在广西壮族自治区田阳县一带传承。布洛陀是壮族先民口头文学中的神话人物，是创世神、始祖神和道德神。《布洛陀》主要记述了布洛陀开天辟地、创造人类的丰功伟绩，包括创造天地、造人、造万物、造土皇帝、造文字历书和造伦理道德六个方面，反映了人类从茹毛饮血的蒙昧时代走向农耕时代的历史，以及壮族先民氏族部落社会的情况。大约从明代起，在口头传唱的同时，也以方块壮字书写的形式保存下来，其中有一部分变成壮族民间麽教的经文。《布洛陀》在历史学、文学、

宗教学、古文字学、音韵学和音乐学研究等方面有一定的学术价值。在漫长的口头传承过程中，经过不断加工和锤炼，其艺术性也得到了完善和提高。它不仅可以帮助人们认识历史、满足人们的生活需求，还具有教化的作用。

《查 姆》

彝族地区广泛流传的一部民间长篇创世史诗。它与流传姚安、大姚等地区的《梅葛》及弥勒的《阿细的先基》、凉山的《支格阿龙》一起，被称为彝族四大创世史诗。“查姆”意译就是万物起源的意思，是讲述、追溯人类起源和万物起源历史的创世史诗。当地的彝族人民把记叙人类和天地万物起源的一件事叫做一个“查”。古彝书和贝玛经中记载的《查姆》共 120 查，分上、下两部分。上部分为《吾查》，内容多为开天辟地、洪水泛滥、人类起源、万物源头等；下部分为《买查》，内容多为天文地理、占卜历算、诗歌文学等内容。《查姆》被彝族人视为自己的根谱和百科全书，具有很高的学术研究价值。

《达古达楞格莱标》

德昂族世代传诵的创世史诗。以传说中的万物之源——茶叶为主线，集中描写了这一人类和大地上万物的始祖如何化育世界、繁衍人类的神迹，并以奇妙的幻想将茶拟人化。德昂人世代都在传唱着这样一首古歌：“茶叶是德昂的命脉，有德昂的地方就有茶山。神奇的传说流传到现在，德昂人的身上还飘着茶叶的芳香。”史诗与德昂族散体述讲文学中的茶叶生人神话一脉相承。而德昂族将茶叶视为祖先，与德昂族原始先民的生活是分不开的，同时也是自然崇拜与祖先崇拜交相融合的产物。这篇创世史诗所反映的植物图腾观念比较原始，它的初创时间看来是很早的。故而这部史诗流传到现在，其文学价值和文化价值弥足珍贵。

嘎达梅林

蒙古族叙事长诗。流传于内蒙古哲里木盟一带。依据嘎达梅林起义的历史事件创作而成。嘎达梅林（1892 ~ 1931），蒙古名为那达木德，汉名孟青山，乳名嘎达。成年之后，在达尔罕旗王府任梅林职，掌管军事。所以人们称他为嘎达梅林。他领导的这次起义爆发于 1929 年哲里木盟达尔罕旗，这是一次反对军阀张作霖和蒙古王公屯垦开荒、掠夺人民的起义斗争。前后历时数年，扩展到四五个旗县，是蒙古族现代史上著名的人民起义，影响很大。嘎达梅林的民歌产生在起义以后不久，开始以抒情短歌流传，以后逐渐形成为一首概括嘎达梅林起义全过程的叙事长诗。长诗成功地塑造了嘎达梅林这一英雄形象，刻画了他的叛逆性格。长诗还侧重刻画了嘎达梅林的妻子牡丹的英雄形象，描绘了其他众多的人物，反映了较为广阔的社会生活和起义斗争的复杂性。

《格萨（斯）尔》

藏族英雄史诗。它是在藏族古代神话传说、诗歌和谚语等民间文学的丰厚基础上产生和发展起来的。流传于中国青藏高原的藏、蒙、土、裕固、纳西、普米等民族中，以口耳相传的方式讲述了格萨尔王降临下界后，降妖除魔、抑强扶弱、统一各部，最后回归天国的英雄业绩。

《格萨（斯）尔》是世界上迄今发现的史诗中演唱篇幅最长的，它既是族群文化多样性的熔炉，又是多民族民间文化可持续发展的见证，是相关族群社区宗教信仰、本土知识、民间智慧、族群记忆、母语表达的主要载体，是唐卡、藏戏、弹唱等传统民间艺术创作的灵感源泉，同时也是现代艺术形式的源头活水。现存最早的史诗抄本成书于 14 世纪，1716 年的北京木刻版《十方圣主格斯尔可汗传》是其最早的印刷本。迄今有记录的史诗说唱本约 120 部，仅韵文就长达 100 多万行，而且目前这一活态的口头史诗仍在不断扩展。无数游吟歌手世代承袭着有关它的吟唱和表演。

《汗青格勒》

青海省海西蒙古族藏族自治州一带流传的英雄史诗。它产生繁荣在原始社会末期和奴隶制初期阶段。具有海西特殊的地方特征，是海西蒙古族民间艺人以说唱或演讲形式，以质朴的语言，讲述了蒙古族英雄消灭恶魔拯救百姓的故事，形象而生动地反映了蒙古族历史和社会生活及生产状况，表现了人们征服自然，追求幸福的美好愿望及对旧时代黑暗势力的深恶痛绝。它是蒙古族文化宝库的一朵奇葩，蕴涵着蒙古族人民的聪明才智，具有重要的历史研究价值。

《江格尔》

蒙古族英雄史诗。主要流传于新疆维吾尔自治区阿尔泰山一带的蒙古族聚居区。多数学者认为《江格尔》最早产生于中国卫拉特蒙古部，17 世纪随着卫拉特蒙古人的迁徙，也流传于今俄罗斯、蒙古的蒙古族中，成为跨国界的大史诗。

《江格尔》的产生和发展过程漫长，主要以口传方式流布，也有抄本和刻印本。这部史诗描述了以江格尔为首的 12 名雄狮大将和数千名勇士为保卫宝木巴家乡而同邪恶势力进行艰苦斗争并终于取得胜利的故事，深刻地反映了蒙古族人民的生活理想和美学追求，具有很高的艺术价值。

科尔沁潮尔史诗

内蒙古自治区科尔沁地区尚存的唯一一种活态传承的长篇史诗。流行于内蒙古东部的通辽市、兴安盟一带。用一种叫潮尔的古老弓弦乐器伴奏，由专门史诗艺人——潮尔奇，以自拉自唱的形式进行表演。音乐曲调自成体系，并且在演述中可以自由变化。其内容讲述宇宙转换、世界沉浮的故事，阐述人类物种的起源，思想意识的形成和社会秩序的建构等内容，表达了人类追求真理、主持正义、维护和平、和谐共存的美好愿望。

科尔沁潮尔史诗历史悠久、风格独特、技艺自成体系，具有极强的艺术表现力。它将叙事、抒情、吟诵融为一体，风格古朴苍劲、粗犷豪放，并与草原民族特有的语言、历史、宗教、心理、世界观、生态观、人生观、风俗习惯等紧密地维系在一起，集中地体现出草原文化的特色与特征。

《玛纳斯》

柯尔克孜族的英雄史诗。主要流传于新疆维吾尔自治区南部的克孜勒苏柯尔克孜自治州及新疆维吾尔自治区北部的伊犁哈萨克自治州。此外，中亚的吉尔吉斯斯坦、哈萨克斯坦也是《玛纳斯》重要的流传地域，阿富汗的北部地区也有流传。《玛纳斯》在16世纪已开始流传，千百年来，一直以口耳承传。它描写了英雄玛纳斯及其七代子孙前仆后继、率领柯尔克孜人民与外来侵略者和各种邪恶势力进行斗争的事迹。《玛纳斯》被视为柯尔克孜的民族魂，凝聚着柯尔克孜民族的精神力量，体现了柯尔克孜人顽强不屈的民族性格和团结一致、奋发进取的民族精神。它从古老的柯尔克孜史诗与丰厚的柯尔克孜民间文学中吸取营养，包容了柯尔克孜古老的神话、传说、习俗歌、民间叙事诗与民间谚语，集柯尔克孜民间文学之大成，是柯尔克孜民族民间文化的百科全书，具有文学、历史、语言、民俗等多学科的价值。

《梅葛》

彝族长篇史诗。流传在云南省楚雄彝族自治州姚安、大姚、盐丰等县。梅葛一词是彝语的音译。它本是一种曲调的名称，史诗用梅葛调演唱，因此得名。

全诗分四大部分：①创世，包括开天辟地和人类起源；②造物，包括修建房屋、狩猎、畜牧、农事、造工具、生产盐和蚕丝；③婚事和恋歌，包括相配、说亲、请客、抢棚、撒种、芦笙、安家；④丧葬，包括死亡、怀亲。史诗反映了彝族人民在不同时代的生产活动、生活方式和他们对周围世界的认识，以及恋爱、婚姻、丧事、怀亲等社会习俗。同时也反映了历史上彝族人民与其他兄弟民族，特别是与汉族人民在经济、文化上的亲密关系，具有一定的史料价值。

《密洛陀》

瑶族创世史诗。流传于广西壮族自治区都安、巴马等地瑶族聚居区。密洛陀即老祖母或老母亲，被瑶族人民崇敬为人类的女始祖、创世之母，是一位创造万物的女神。她神通广大，热爱劳动，创天地、创森林、造房子、射太阳、杀老虎，开拓土地，是一个开天辟地的万能创世主，建立了不朽的功勋。她是大风造成的，大风是大龙造成的，龙是密洛陀的师傅，密洛陀是龙的传人。它融神话、创世、英雄为一体，描述了女神密洛陀开天辟地、创造人类的壮烈业绩。

《密洛陀》的创世是典型的凭借人类想象征服自然的神话诗，赞颂了人类与大自然的斗争和无穷的创造力量，树立了一个崇高伟大的人类始祖的艺术形象。

苗族古歌

苗族的一种以创世为主体内容的诗体神话。分布在湖南西部、贵州东部，以及四川和云南等省区的广大苗族聚居区。内容包罗万象，从宇宙的诞生、人类和物种的起源、开天辟地、初民时期的滔天洪水，到苗族的大迁徙、苗族的古代社会制度和日常生产生活等，无所不包，成为

苗族古代神话的总汇。大多在鼓社祭、婚丧活动、亲友聚会和节日等场合演唱，演唱者多为中老年人、巫师、歌手等。酒席是演唱古歌的重要场合。苗族古歌是一个民族的心灵记忆，是苗族古代社会的百科全书和经典，具有史学、民族学、哲学、人类学等多方面价值。

《牡帕密帕》

拉祜族的一部长篇诗体创世神话。流传于云南省思茅市澜沧拉祜族自治县境内。全诗共 17 个篇章，2300 行，内容叙述造天地日月、造万物

和人类，初始阶段的生存状况等，是拉祜族人民传承悠久的口述文学精品。牡帕密帕由嘎木科（会唱诗的人）和魔巴（宗教活动主持者）主唱，也可有多人伴唱或多人轮唱。歌词通俗简练，格律固定，对偶句居多。曲调优美动听，调式因地域不同而有差异，演唱以字行腔，有说唱的特点。《牡帕密帕》在拉祜族的传统节日、宗教活动或农闲期间说唱，唱者声情并茂，听者如痴如醉，说唱往往通宵达旦，参加者无不兴致盎然。《牡帕密帕》是研究拉祜族历史文化不可或缺的宝贵资料，是拉祜族文化的载体，也是维系拉祜族精神生活的纽带。

《目瑙斋瓦》

景颇族民间史诗。它融神话、传说、诗歌于一体，是景颇族的一部活的口碑历史，也是一部一代又一代地传诵和承袭下来的诗歌体裁的文学巨著。其音韵格律整齐，语言优美整齐。它从开天辟地唱起，以优美的神话故事形式，记载了景颇族人民从远古到现代的发展演变过程。大致可分为七大部分：天地的形成、制服天地、孕育人类万物、宁贯杜瓦平整天地、洪水淹天的时代、宁贯杜娶龙女与族系、对生产生活的生动描写等。

《羌戈大战》

羌族流传的反映部落战争的史诗。它讲述了远古时候，羌民的祖先由西北辗转迁徙并定居岷江上游的历程。其时，羌人与身强力壮、凶悍威猛的戈基人频频争战。后在天神的帮助下，战胜了敌人，安居乐业，繁衍生息，反映了历史上羌族经历过民族大迁徙的史实。其内容丰富，语言生动，情节感人，具有浓厚的民族色彩和地方特色。

土家族《梯玛歌》

土家族长篇民族史诗。梯玛，俗称土老司。梯玛在土家族大型祭祀仪典舍巴日（即做摆手）中演唱的敬神之歌被称为《梯玛歌》。主要流传于湘西酉水流域的土家语聚居区。以梯玛日仪式为传承载体，世代口口相传。格局宏大，篇幅浩繁，长达数万行。它通过叙述土家族的起源、繁衍、战争、迁徙、狩猎、拓荒等，蕴含了天文、地理、历史、语言、民族、民俗、文学、艺术等多学科内容，涉及天上地下、人间万物、历史事件、历史人物，甚至生命价值、哲学世界，融合了音乐、舞蹈、文学等多种艺术形式，堪称土家族古文化的宝库，被誉为“土家族的百科全书”。

《亚鲁王》

有史以来第一部苗族长篇英雄史诗。它讲述的是西部苗族的先祖亚鲁王的故事。亚鲁王是一个真实但被神化的人物。传说他造出了日、月、山、地，让自己的部族在平原地区过上了富足的生活。但是，他拥有的宝物龙心引来两个亲哥哥的嫉妒，并导致了战争的爆发。亚鲁王不得不带着王妃、王子和族人长途迁徙，退居到难以生存的山地，刀耕火种，重新开始生活。但他的哥哥们仍然紧追不放。最终，亚鲁王奋起反抗，保卫家园。其表现形式灵活多样，有的用叙事的形式朗诵、吟唱，有的用道白的形式问答，采用了形容、比喻、拟人、描述的表现手法，词以散文诗的叙述为主，歌唱的曲调变化丰富，不讲究押韵，只讲押调。《亚鲁王》涉及开天辟地、万物起源、宗教习俗等历史与神话传说，是展现苗族古代社会的百科全书，具有文学、历史学、人类学、宗教学、神话学、艺术学、美学、语言学等价值。

《遮帕麻和遮咪麻》

阿昌族的长篇诗体创世神话。主要流传在云南省德宏傣族景颇族自治州梁河县阿昌族群众中，以唱诗和口头白话两种形式传承至今。遮帕麻和遮咪麻的传说，不论是唱诗还是白话故事，内容基本一致。故事讲述了阿昌族始祖遮帕麻和遮咪麻造天织地、制服洪荒、创造人类、智斗邪魔腊訇而使宇宙恢复和平景象的过程。遮帕麻和遮咪麻不仅是阿昌族最受崇拜的至尊善神，而且也是所有寻常人家的护佑之神和阿昌族祭祀活动的主掌之神。《遮帕麻和遮咪麻》形象地反映了人类从母权制向父权制过渡的状况，是阿昌族文化发展的一座丰碑。故事中的盐婆神话是古代西南民族游牧文化的一块活化石。

第三篇

民间传说

民间传说属于民间口头叙事文学，指与历史事件、历史人物及地方风物等可指认的事物有关的民间叙事作品。一般分为 3 种形态：①人物传说。以人物为中心，叙述他们的事迹和遭遇，表达人民的评价和愿望。②史事传说。以叙述历史事件为主。如梁山泊起义传说、杨家将传说等。③地方风物传说。叙述地方的山川古迹、花鸟虫鱼、风俗习惯和乡土特产的由来和命名，表现人们热爱乡土的感情以及他们对生活的理想和信念。还有一些神怪灵异的传说，如关于八仙的传说、灶王爷的传说等。

世界上所有民族都有自己的民间传说，它是人民大众的集体创作，在传播过程中既保持稳定又发生变化，即不论这种民间叙事的时空环境、人物和情节如何变化，它的核心精神和基本内容却始终不变。

阿尼玛卿雪山传说 

民间流传的有关阿尼玛卿雪山的传说。阿尼玛卿雪山，又称玛积雪山或玛卿岗日，海拔 6282 米，位于青海省果洛藏族自治州玛沁县西北部，是中国对外开放的十大山峰之一，山势巍峨磅礴。传说阿尼玛卿山神，是一位骑着高头白马，手捧摩尼包，一身正气的威武神灵。在藏族人的心目中，阿尼玛卿雪山是观世音菩萨的道场，有求必应，特别对远道而来的朝拜者更是庇护有加。相传阿尼玛卿雪山属马，每逢农历马年，藏区所有的神灵汇集阿尼玛卿雪山，转山，朝拜，就像朝拜所有的神山，具有不可思议的功德。阿尼玛卿山神也是藏族人心中的财神，他是十地菩萨的果位。每年，几乎藏族所有生意人都要来此朝拜，祈求生意兴隆，财源滚滚。据说阿尼玛卿雪山还是藏族英雄格萨尔王的寄魂山，每年都有大批朝圣者跋山涉水、风餐露宿前去虔诚朝拜。

八达岭长城传说

民间流传的关于八达岭长城的传说。八达岭长城传说题材众多，涉及面广，内容丰富，表达了群众的思想情感，主要包括五个方面。其中，八达岭长城的神话传说主要包括《仙女点金砖》、《长城三关的来历》、《张果老修拐脊楼》和《二郎神与赶山鞭》等；孟姜女的传说主要有《粽子为啥是三角的》、《孟姜女和最早的一段长城》、《挂纸庵》等；八达岭长城地区的风物传说主要包括关沟72景传说以及关隘、城堡、烽火台和村寨的传说等；八达岭名称由来的传说主要包括《元仁宗诞生于延庆》、《李自成进京》、《把鞑岭》等。此外，传说还记载了

八达岭长城沿线群众的生产生活、岁时节令、风俗习惯和历史人物的传说。八达岭长城传说是原生态的文学样式，特色鲜明、地域性强，具有较强的思想性。它植根于民间，方言特点突出，把浪漫主义和现实主义巧妙结合起来，具有浓郁的神话色彩和传奇色彩，是中国长城文化的重要组成部分。

八仙传说

民间广为流传的道教八位神仙的故事。八仙之名，明代以前众说不一。有汉代八仙、唐代八仙、宋元八仙，所列神仙各不相同，至明吴元泰《八仙出处东游记》始定为铁拐李、汉钟离、张果老、何仙姑、蓝采和、吕洞宾、韩湘子、曹国舅，相沿至今，再无变动。八仙传说，在中国民间流传久远，影响深广。在这些传说中，仙人们既各自独立活动，又常常聚会在一起，作为一个群体，施展着神通，创造出惊世骇俗的奇迹。最广为人知的是《八仙过海》。八仙传说富有现实性和人情味，异彩纷呈，从内容方面可分为四类：一是他们修仙学道的事迹，讲叙他们的

个人经历及家庭生活。二是讲他们兴利除害、赐福消灾，即他们成仙后如何关怀民生疾苦的事。三是劝善罚恶，指点人生。在这类故事中，八仙常常幻化成各种普通人物，混迹于人海之中，试探世态人心，以自已的仙术劝诫世人。四是仙凡斗智，人可胜仙。故事中的八仙常败于凡夫俗子手下，感叹仙人不及凡人高明，仙界不如人间美好，传说焕发着别样的思想光彩。

白马拖缰传说

山西晋城一带流传的历史传说。主要分为三种类型：①神话传说类。有《白马少年》、《盗马贼的传说》、《白马将军的传说》等。②佛教传说类。有《白马寺山石佛窟的传说》、《白马寺山铁鸡蛋的传说》等。③历史传说类。有《长平之战之白马脱缰的故事》、《白马神巧助周世宗的传说》等。这些传说故事群均以白马舍生取义为主线，以地方习俗、宗教崇拜、历史典故、自然景观等为主要创作背景和灵感源泉，情节生动，内容丰富，瑰丽多姿而又朴实自然，深受佛教文化的影响，富有强烈的民间色彩和地方特色。

《白蛇传传说》

汉民族流传较广的传说。《白蛇传》传说肇始于唐五代时期，基本成型于南宋，至迟到元代已被文人编成杂剧和话本。明代冯梦龙编纂的拟话本《白娘子永镇雷峰塔》是该传说最早的较为完整的文本。民间传说常常出现多源现象，《白蛇传》传说亦然。浙江省杭州市的《白蛇传》传说是中国民间文学中的一颗璀璨明珠。它故事奇崛，人物生动丰满，所塑造的白娘子、许仙、法海和小青等人物是中国艺术长廊中的重要形象，表达了广大人民对人性解放的渴望，是中华民族宝贵的精神文化遗产。

其中所反映出的南宋以来不同时期的主要社会思想、信仰与价值观及民族深层心理，具有重要的历史价值。《白蛇传》中的民俗内容也极其丰富，对了解江南的风土人情具有重要的参考价值。而对于这一传说主要的发生地杭州而言，《白蛇传》与断桥、雷峰塔及西湖等自然和文化景观形成了密不可分的关系，使杭州和西湖都具有了更为丰厚的文化内涵。

布袋和尚传说

浙江奉化一带流传的有关布袋和尚的民间故事。布袋和尚，五代后梁时期僧人。生于奉化长汀村，出家圆寂于奉化岳林寺，肉身葬于奉化封山之腹。其传说具有民间性、地域性、故事性、神奇性、世界性等特点。其主要内容有身世来历——《县江漂流》、《入世长汀》、《白象传令》等，童年趣事——《腹中有火》、《伽蓝行礼》、《契此话牛》、《春节点戏》、《元宵做灯》等，风物传说——《长汀蜜桃》、《长汀萝卜》、《松叶变苔菜》、《传授“摸六株”》、《议修宗谱》、《清明祭祖》、《喜着木屐》、《方桥请龙 》等，抑恶扬善——《教化刁娘》、《托梦县令》、《点悟盲人》、《布袋记趣》、

《破谜解惑》等，解危济困——《智灭蝗虫》、《袈裟护堤》、《升米救灾》、《龙山造田》、《传授大锅羹》等，出家圆寂——《剃度岳林寺》、《挂单天华寺》、《雪窦寺讲经》、《勒白岙修禅》、《福建化木》、《巧运海杉》、《古井神木》、《点化佛山》、《说偈圆寂》、《定应大师》等。传说的表达方式有“传说类”和“说唱类”两种，前者系民间自发性的随意讲述，仅以口耳相传，后者则是通过民间艺人在较为固定的场所讲述，中间夹进一些唱词，根据情节需要，使用檀板或胡琴等简单道具。

蔡伦造纸传说

陕西省洋县龙亭及周边地区广泛流传的故事传说。蔡伦造纸传说故事众多，分别为《龙亭猪拱鸡鹃的传说》、《蔡伦舂纸浆的传说》、《龙亭母猪滩的传说》、《古龙亭观音老母说药方的传说》、《龙亭楮先生的传说》、《龙亭还魂纸的传说》、《蔡伦与徒弟比赛揭纸的传说》、《龙亭面皮

的传说》、《龙亭由来的传说》、《纸坊街蔡伦造纸的故事》、《阳庄河蔡公爷揭纸的传说》、《开子的传说》、《踩浆焙纸的传说》等。传说特点鲜明：一是流传时间长，在长达1900年的历史中，口口相传。二是内容丰富，数量特别多。三是老百姓喜欢，妇孺皆知，深入人心，有很强的社会认可性。四是原生态性强，无文人加工的痕迹。五是艺术性强，符合听众心理。六是很有科学性，故事情节符合传统手工纸之操作。其传说故事虽属于文学范畴，但它却有历史的影子，是我们从一个侧面研究蔡伦造纸史实的宝贵资料。蔡伦造纸传说科学的成分极多，几乎每一个情节都涉及造纸的实验和技术问题，传说中所反映的挫捣抄焙等技术环节依然是纸的大机器生产的基本环节，具有很高的科学和历史文化价值。

曹雪芹传说

民间流传的有关曹雪芹的生平故事。曹雪芹（1715~1763），清代小说家。名霑，字梦阮，雪芹是其号，又号芹圃、芹溪。祖籍辽阳，先世原是汉族，后为满洲正白旗包衣。幼年是在秦淮风月之地的繁华生活中长大的。后曹家遭受变故，日渐衰微。曹雪芹随全家迁居北京。他深感世态炎凉，蔑视权贵，远离官场，过着贫困如洗的艰难日子。晚年，曹雪芹移居北京西郊，生活更加穷苦。他以坚忍不拔的毅力，专心致志地从事《红楼梦》的写作和修订。乾隆二十七年(1762)，幼子夭亡，他陷于过度的忧伤和悲痛，卧床不起。到了这一年的除夕，终于因贫病无医而逝世。曹雪芹身胖，头广而色黑。他性格傲岸，愤世嫉俗，豪放不羁。嗜酒，才气纵横，善谈吐。他是一位诗人，又是一位画家，最大的贡献还在于小说的创作。他的小说《红楼梦》是他“披阅十载，增删五次”，“字字看来皆是血，十年辛苦不寻常”的产物，内容丰富，思想深刻，艺术精湛，把中国古典小说创作推向最高峰，在文学发展史上占有十分重要的地位。可惜的是，在他生前，《红楼梦》没有完稿（也有人认为已完稿，但80回以后的内容佚失了）。今传《红楼梦》120回本，其中前80回的绝大部分出于他的手笔，后40回则为他人所续。

禅宗祖师传说

湖北黄梅一带流传的有关禅宗四祖道信和五祖弘忍出生、成长、出家、修持、传法等一系列传说。它是佛教文化民间版的文学，已有1400多年历史。它以生活化、平民化、理想化及其乡土色彩的演绎留下了如三月三庙会、洗九朝、吃芥菜粑等民间习俗，在音乐、舞蹈、工艺多种民间艺术表现形式中均相互渗透，在书画、影视、戏剧等领域中都有生动体现。黄梅禅宗祖师传说，是创立东山法门的重要佐证；其故事本身的意义超出了佛教界范围，曾对世人的价值取向、思想情感和思维方式产生深刻影响。日本、韩国的古典文选中均有选载，是具有世界影响的传说。

董永传说

中国民间传说。最早载于西汉刘向的《孝子传》。此后三国曹植的《灵芝篇》和东晋干宝的《搜神记》也都有相关记载。干宝的记载因主题突出、情节完整而在我国广泛流传，成为2000多年来故事嬗变和文学移植的母本。由于董永与七仙女的故事是一则既有教化作用又有爱情色彩的民间传说，其教化内容同中国民众长治久安的大众心理需求相适应，爱情故事又契合了民众追求婚姻幸福的内在感情，所以它的神奇幻想同人间现实巧妙融合的艺术特色深受民众喜爱。该传说在长期口耳相传的

过程中，因地、因时、因人而异，不断演变，在发展流变过程中具有了向爱情故事演变的趋势，但主题和母体并没有大的变化。董永传说蕴含的历史、文学资料对研究中国古代各历史时期社会、经济、政治、文化，特别是文学艺术等方面都有一定的参考价值。

防风传说

浙江德清流传的关于巨人、山神、治水、创世的神话。防风传说历史悠久，主要见于古代典籍记载和民间口传。其主要内容包括三方面：一是防风的形象，如《尧封防风国》；二是防风治水稻作生活，如《防风立国》、《防风氏为啥又称汪芒氏》；三是防风氏被杀的原因，如《禹杀防风氏》、《大禹斩防风氏》、《刑塘戮防风》。防风传说是研究吴越文化乃至我国上古文化的珍贵的活化石，具有重要的学术价值。其语言学价值、神话学、历史学、民族学方面也具有较高价值。另外，在乡土文化建设方面，弘扬自强不息、艰苦奋斗、急公好义、为民造福的防风精神，增强故土人民对乡土的自豪感和安居乐业、共建乡邦的凝聚力，具有现实的意义。

观音传说

流传在浙江舟山一带有关观音菩萨的传说。在佛教供奉的诸多菩萨中，人们最熟悉、最感亲切的，恐怕要数观世音菩萨了。中国自隋唐以来，观音信仰随佛教的兴盛在民间深入人心，观音形象逐步脱离印度传说模式，代之以中国化的女性形象。早在宋宝庆《昌国县志》中，就有梅岑山（今普陀山）观音宝陀寺的记载。宋乾道《四明图经》中有日僧慧锷送观音的记载，《不肯去观音》的传说从此一直流传至今，且成为中日文化交流的重要纽带。元代西域僧盛熙明著《普陀洛迦山传》，更记有《善财一十八参观自在》、《观世音三十二现身随类说法》、《唐大中梵僧潮音洞前燔十指亲睹大士现身说法》等灵异传说。明清以来的《普陀山志》记述的观音灵异传说更多。1924 年编的《普陀洛迦新志》专论灵异门，记录各类观音灵异传说 68 则。除了古志书记载以外，早在明万历年间就有《南海观音全传》一书流传民间，民国初年又有《观音得道》话本传世于民间。在古典小说《西游记》、《封神演义》等名著中都有观音传奇形象记载。据佛教传说，农历二月十九、六月十九、九月十九、分别是观音菩萨诞生、出家、得道，称为三大香会，每一个日子都有一个故事。因此说，千百年来，观音作为一个佛法无边的大菩萨，一直在舟山民间被广泛地传颂着、信奉着，而且这种传颂、信奉已远远超越了民族和国界，成为一种劝人为善、爱好和平的观音文化现象传播到了世界各地。

黄初平（黄大仙）传说

浙江省金华市一带流传的有关黄初平的传说。最早文字记载于东晋著名道教理论家葛洪的《神仙传》。黄初平，晋成帝威和三年（328）出生于兰溪黄湓（今属浙江省金华市）。他从小聪明颖悟，心地善良，好学勤快，生得俊秀清奇。有一哥哥，兄弟俩幼年父母双亡，家境贫寒。兄黄初起辛勤耕作，弟黄初平砍柴牧羊，两人相依为命。15岁那年，黄初平上山牧羊，遇到幻化成道士的田神农时雨师赤松子，赤松子“爱其良谨“，带他到金华山阴石室洞学道修行，黄初平在北山得道成仙。之后其叱石成羊、苦练修道、惩恶助善、为民除恶、知恩必报的故事慢慢地在民间流传开来，留下了许多美丽的传说。有关黄大仙的传说大致有黄大仙的生平事迹传说、自然景观传说、人文景观传说、民风民俗传说、土特产传说、黄大仙显灵的传说等。流传广泛，不仅流传于全国，而且远播美国、加拿大、法国、澳大利亚、东南亚诸国。具有高度的人民性，它的精髓是扬善惩恶、济

困扶贫，体现了人类对真善美的共同追求，反映了人民群众的要求和愿望。文化形态丰富多样，有物质形态的古今中外众多的宫观祠庙和遗迹，更有古今文学艺术等非物质形态的文化遗存。

黄鹤楼传说

湖北省民间流传的有关黄鹤楼的传说。黄鹤楼传说与诗词、文赋、楹联等共同构成了黄鹤楼的文化积淀，如崔颢的“昔人已乘黄鹤去”、李白的“黄鹤楼中吹玉笛”等诗句，均取材于此。关于黄鹤楼的传说，最早见于502年左右的《南齐书·州郡志下》，书中有“世传仙人子安乘黄鹤去”的记载。“辛氏修楼谢恩”、“吕洞宾骑鹤飞天”、“鲁班神工建楼”、“武状元建楼拜仙”、“胜象宝塔孔明灯”、“李白登楼夸崔颢”、“黄鹤楼上看翻船”等多篇传说，流传至今。黄鹤楼的传说一直与屡毁

屡建的黄鹤楼相生相伴，且不断丰富延展，蕴含着深厚而丰富的仙道文化、民间智慧、文人流韵等传统文化内涵，不仅具有极高的历史文化价值，也有特色鲜明的文学价值和浓郁的地域文化色彩，堪称武汉民间文化的瑰宝。

济公传说

以南宋禅宗高僧道济的故事发展演变而来的一种民间口头文学。流传于浙江天台一带。南宋早期，道济降生于天台，佯狂济世，人称“济癫”。在道济的生前身后，天台出现了许多关于他的灵异传说，为人们所津津乐道。内容涉及降龙罗汉投胎的济公出世传说，神童李修元的少年济公传说，济公癫狂济世、惩恶扬善、扶危济困、戏佞降魔的传说等。济公传说依附于真实的历史人物，主人公的作为夹杂了禅宗思想和罗汉信仰，具有地域的原生性，同时突出神秘的超自然力，具有情节的神奇性。此外，传说广泛涉及生活的各个层面，内容丰富多样，反映着民众的喜怒哀乐，具有鲜明的人民性。800 多年来，济公传说已成为文学艺术取之不尽的素材，在小说、书画、雕塑、影视等领域都有生动体现。同时，济公传说作为一种独特的文化现象，深深地印刻在民众的心里，对推进当代道德教育和中华民族精神的传承必将产生积极的促进作用。

烂柯山的传说

民间流传的有关烂柯山的传说。烂柯山传说，源于晋朝樵夫王质上山看棋烂柯的故事。相传，晋朝中期有个樵夫名叫王质，家住衢城太白井旁，家有老母和一个年幼的弟弟，王质常年以砍柴为生，他经常到衢城东南一山中砍柴，此山林深茂密，山中有一座巨大的石梁，它又形同石室而得名石室山。有一天，王质到石室山中砍柴，在石梁下遇两童子（实为仙童）下棋，王质在一旁看了一盘棋，砍柴的斧头柄已腐烂，时间也过去数百年。回家后，家人已不复存在，王质重归石室山而得道成仙，烂柯山因此而得名。有烂柯山传说的地方甚多，山西陵川和浙江衢州的烂柯山的传说于 2010 年入选《国家级非物质文化遗产名录》。烂柯山的传说内容丰富，语言朴实简洁、优美动听，寄寓了劳动人民对自然与生命的抗争和生存欲望。作为民间文学中的重要内容，烂柯山的传说具有很

高的文学价值，通过该传说可以进一步了解民间传说的语言特色和表现手法。

李时珍传说

湖北省蕲春县一带流传的有关李时珍的民间文学。李时珍，明代著名的医药学家。字东壁，号濒湖。湖北蕲州（今蕲春）人。李时珍自幼随父行医，精通医道。在行医之际，不断发现过去药物志上记载有误，贻误病人。因此他决心重修《本草纲目》。这个想法得到了父亲、民间医生和乡亲们的支持，于是他离家别妻，在学生庞宪的陪伴下，以 30 年的时间，走遍深山大川，历尽千辛万苦，采集药物标本，重修了长达 52 卷的《本草纲目》，并刻印流传于世。李时珍传说在民间流传极广，蕲春及鄂东南的老中医和挖药人几乎都能讲几个李时珍的传说。至今还在蕲春流行的许多民间俚语，都是源于李时珍的传说。比如，形容医术高明的俚语“能诊死人翻身，能断活人倒地”，形容人穷的俚语“葛麻藤系腰，半边碗吃饭”等。就连鄂东南一带的许多民俗、医俗，也是源于李时珍传说。比如，煎中药后的药渣为什么要倒在大路上？抓中药为什么要用三个指头？传说充分体现了李时珍不顾个人安危、坚韧不拔的精神。

梁祝传说

中国民间传说。主要流传于浙江宁波、上虞、杭州，江苏宜兴，山东济宁，河南汝南等地，并向中国的各个地区、各个民族辐射。已有1600多年的历史。千百年来，它以提倡求知、崇尚爱情、歌颂生命生生不息的鲜明主题深深打动着人们的心灵，以曲折动人的情节、鲜明的人物性格、奇巧的故事结构而受到民众的广泛喜爱。据梁祝传说改编有越剧《梁山伯与祝英台》、小提琴协奏曲《梁祝》、电影《梁山伯与祝英台》等多种艺术作品。梁祝传说和以梁祝传说为内容的各种艺术形式所展现的艺术魅力，使其成为中国民间文学艺术之林中的一朵奇葩。

刘伯温传说

民间流传的关于刘伯温的传说。流传于浙江省文成、青田县一带。刘伯温，元末明初文学家、政治家，浙江青田人。关于他的传说，在他在世时就已产生，而见诸书面的最早记录，要算明初黄伯生《刘公行状》里的有关内容。大多数为口头传承。内容包括刘伯温的聪颖好学、神机妙算、除暴安良、开国功勋及其家乡的风土人情等方面。刘伯温传说有着较高的文学价值，在我国民间文学史上有着很大的影响，其中占有很大比重的智慧故事，有着重要的认知价值。传说中的刘伯温，是传统道德的典范，他的故事又有一定的道德教化作用。传说包含的一些历史因素，能弥补正史对刘伯温记载的不足，因而具有一定的史学研究价值。

柳毅传说

唐代传奇。作者李朝威，生平不详，约中唐时人。柳毅传说在晚唐已流传颇广。内容主要是写洞庭龙女远嫁泾川，受其夫泾阳君与公婆虐待，幸遇书生柳毅为其传家书至洞庭龙宫，得其叔父钱塘君营救，回归洞庭，钱塘君即令柳毅与龙女成婚。柳毅传信乃急人之难，本无私心，且不满钱塘君之蛮横，故严词拒绝，告辞而去。但龙女对柳毅已生爱慕之心，自誓不嫁他人，后二人终成眷属。传说富于想象，情节曲折，结构谨严。柳毅的正直磊落，龙女的一往情深，钱塘君的刚直暴烈，性格刻画颇为鲜明。对龙女和柳毅的心理描写，尤细致真切。其文体在散行之中夹有骈偶文句和韵语，文辞亦颇华艳。

鲁班传说

民间流传的有关能工巧匠的传说。鲁班是春秋末期鲁国的一个工匠，名叫公输般。其传说大致可以分为两类：一类是讲他发明创造的故事。古代典籍中记载鲁班创造云梯、战舟、磨、碾、钻、刨，还有他创造门户铺首等的故事。近代民间仍有鲁班发明锯子，他的妻子发明伞的传说。另一类鲁班传说，是关于他修建各地著名桥梁、殿宇、寺庙等建筑的故事。历代工匠希望提高自己征服自然、改进工艺的能力，把鲁班想象成具有神奇技艺和无穷智慧的匠师。民间很早就称赞鲁班的巧，说他造的木头鸟能飞，木头人能够劳动，他造的灯台点燃后可以分开海水，他的墨斗拉出线来就可以弹开木头，他可以用唾液把碎木粘合成精美的梁柱，他可以在一夜之间建起三座桥，等等。旧时代工匠对鲁班的敬仰还表现在他们的民俗活动中。过去，木工、瓦工、石匠等都奉鲁班为祖师，为他建庙奉祀。明代初年汇编的关于土木工匠营造法式的书命名为《鲁班经》，书中还专门讲了鲁班仙师源流。鲁班传说除在汉族人民中传播外，在一些少数民族（如白、壮、苗、瑶、彝、水、土家、仡佬、布依等族）中也有流传。

珞巴族始祖传说

珞巴族有关其始祖的传说。传说天父和地母结合后，生子金东，金东又生子东日，东日生两子日尼、日洛，即阿巴达尼和阿巴达洛。阿巴达尼即为珞巴族祖先，阿巴达洛为藏族祖先。阿巴意为父亲、祖先，达尼为名。原来住在西藏工布等地，后来迁地米林。阿巴达尼共有三个儿子，他们成家后分别向外迁移，形成不同的部落。长子当邦率子邦蒙和邦姆向西南方迁移，到达今天的德根地区，其后裔即德根部落人；次子当坚携其子坚洛、坚博沿雅鲁藏布江往东，到达墨脱等地，其子孙就是巴达姆、民荣等部落人；第三子当日率子日古、日杨居住在纳玉山沟，传至当波和嘎尔波时，南迁至马尼岗及其以南地方，其后裔即今博嘎尔、棱波和邦波等部落人。珞巴族始祖传说是珞巴人生活的有机组成部分，是珞巴社会的一面镜子，是珞巴民俗生活的一种存在方式，给后人留下了弥足珍贵的、活的珞巴族生活文化史资料。

孟姜女传说

中国民间传说。孟姜女的原型为春秋时齐国杞梁之妻，在《春秋左氏传》中是一个知礼的妇女形象。杞梁攻莒，战死，齐侯欲郊吊，杞梁妻以郊中不是吊丧之地加以拒绝，齐侯不得不改在杞梁家里吊唁。故事就从此发端。后来增加杞梁妻“迎其柩于路而哭之哀”的说法，说杞梁妻“善哭其夫而变国俗”，与齐国地方民间崇尚“哭调”的风俗结合在一起。汉代故事又派生出哭倒城墙（或山）的情节。此时，杞梁妻由知礼而却郊吊发展成她在丈夫死后向城而哭，城为之崩，负尸骨归，投淄水而死的形象。孟姜女传说因其深厚的群众性，流传 2500 多年而不衰，流传地区遍及全中国。孟姜女的形象使人们认识到古代妇女的善良性格和战争带给人们的悲惨苦痛，表达了古代人民对战争的厌恶之情。

牡丹传说

山东省菏泽市一带流传的有关牡丹的传说。牡丹，又名木芍药、洛阳花、鹿韭等，是原产中国的传统名花，已有 1900 多年的栽培历史。花大而多变，色彩艳丽，富丽堂皇，被誉为花中之王。菏泽牡丹是在明清以来风格不一、大小不等的十几处牡丹园的基础上发展起来的，除了传承传统的优秀品种外，还增加了许多新的品种。“唯有牡丹真国色，花开

时节动京城。”当地关于牡丹的传说也不胜枚举，有画中牡丹治创伤、火炼金丹、紫牡丹、花二乔的传说、“五彩祥云”失传记、翠壮丹、高员外晒元宝、曹州军门花园、蓝田玉、舍命保“赵紫”、一丈青、秦岭深处遇牡丹、郁金裙、邦宁紫的来历、丹炉焰、谷雨和牡丹，等等。这些年代口耳相传的关于牡丹的种种传说，内容广泛，题材多样，以曲折的情节抒发人民群众对生活的理解与认识，表达了人民群众对真善美的追求和对假恶丑的鞭挞。

木兰传说

优秀的民间语言文学。整个故事由木兰出生、少年木兰、替父从军、塞外征战、立功凯旋、皇上封赏、辞官回乡、生死恋情、终老故里等情节组成。木兰据说姓花，从小跟着父亲读书写字，平日料理家务。她喜欢骑马射箭，练得一身好武艺。有一天，衙门里的差役送来了征兵的通知，要征木兰的父亲去当兵。但父亲年纪老迈，又怎能参军打仗呢？木兰没有哥哥，弟弟又太小，她不忍心让年老的父亲去受苦，于是决定女扮男装，代父从军。木兰父母虽舍不得女儿出征，但又无他法，只好同意。木兰随着队伍，到了北方边境。她担心自己女扮男装的秘密被人发现，故处处加倍小心。白天行军，木兰紧紧地跟上队伍，从不敢掉队。夜晚宿营，她从不敢脱衣服。作战的时候，她凭着一身好武艺，总是冲杀在前。从军 12 年，木兰屡建奇功。战争结束，皇帝召见有功的将士，论功行赏。但木兰既不想做官，也不想要财物，她只希望得到一匹快马，好让她立刻回家。皇帝欣然答应，并派使者护送木兰回去。木兰回家后，脱下战袍，换上女装，梳好头发，出来向护送她回家的同伴们道谢。同伴们见木兰原是女儿身，都万分惊奇。木兰传说的故事既是中华民族传统忠孝精神的集中体现，又是历史与文学艺术完美结合的不朽佳作。

牛郎织女传说

中国民间传说。传说在很久很久以前，有一个叫牛郎的孤儿，随哥哥嫂子生活，嫂子对他不好，给了他九头牛却让他领十头回来，否则永远不要回去。沮丧之时他得到高人指点，在山上发现了一头生病的老黄牛。他悉心照料，才得知老牛原来是天上的金牛星被打下凡间，牛郎成功将其领回家。后来在老牛的指点下，牛郎找到了下凡仙女们洗澡游玩的地方，拿起了其中一个的衣服，那个仙女名字叫织女，两人相识，坠入爱河，后生育有龙凤胎。但由于触犯天规，织女被带回天界。老牛告诉牛郎，它死之后把皮做成鞋穿上就可以腾云驾雾。后来牛郎终于上了天界，眼看就要和织女团聚，被王母娘娘头上银簪所变的银河拦住去路。天上的喜鹊被他们的爱情感动了，化作“鹊桥”，牛郎织女终于团聚。王母娘娘有些动容，后命每年农历七月初七，两人可在鹊桥相会。之后，每年七夕牛郎就把两个小孩放在筐中用扁担挑起，上天与织女团聚，成为佳话。牛郎织女传说被誉为中国文化中的爱情神话经典。

盘瓠传说

盘瓠与辛女的神话传说。流传于湖南省西部苗族地区和贵州省东北苗族地区。盘瓠与辛女神话传说发生于母系社会向父系社会过渡时期。流传范围广，内容丰富，集中了民俗学、神话学、宗教学、语言学、口头文学等文化现象，同时衍生出服饰、舞蹈、歌谣、医药、工艺和民俗风情等众多的文化现象，具有稳定性、传承性、功用性等特征，对研究苗族民俗、历史文化具有重要价值。

麒麟传说

民间流传的关于麒麟的传说。麒麟，是中国古代传说中的一种动物，麇身、牛尾、马蹄、鱼鳞皮、一角，角端有肉，黄色。与凤、龟、龙共称为四灵，麒麟居四灵之首。在众多的民间传说中，关于麒麟的故事并不多，但其在民众生活中的吉祥物地位，却无处不体现出它特有的珍贵和灵异功能。在民间传说中，麒麟与儒家学派的创始人孔子有着密切的渊源关系。说孔子降生的当天晚上，有麒麟降临孔府阙里，并吐玉书，上有“水精之子孙，衰周而素王，徵在贤明”的字样，意思是告诉人们孔子非凡人乃自然造化之子孙，虽未居帝王之位，却有帝王之德，堪称素王。孔子家人将一彩绣系在麟角上，以示谢意。周敬王末年时，有人在曲阜掘土犁田时，竟挖出了那条当初系于麟角的彩绣。以后，人们又引申出麒麟吐玉书三卷，孔子精读后成为圣人。至今，在文庙、学宫中还以麟吐玉书为装饰，以示祥瑞降临，圣贤诞生。孔子生活的时代，礼崩乐坏，社会动荡不安。传说麒麟现于郊野，为人所贱，孔子喟叹麒麟“出非其时”，标志着世界的日暮途穷和哲人的穷困，孔子所著《春秋》于此绝笔，故《春秋》又别称“麟史”、“麟经”。麒麟传说已经流传了千百年，是深深扎根于民间，富有地方特色和民族特色的文学作品，现

在已经由传说衍化成为一种吉祥文化，充满了劳动人民朴素的情感和丰富的想象力，具有珍贵的民间文学价值和人类学、民族学、民俗学研究素材的特殊价值。

契丹始祖传说

河北省平泉县一带流传的民间传说。相传，契丹始祖由神人乘白马，在平泉马盂山浮土河生育而形成契丹八部。该传说在平泉源远流长，影响很大，后世当地男糊白马女糊青牛的丧葬习俗即来源于此。它的主要价值体现在：历史价值——它从一个侧面证实了契丹始祖诞生、发祥于平泉，对研究契丹族的起源有不可替代的作用；文化价值——通过对此

传说抢救、挖掘、保护，弄清在不同群体中传承情况，丰富地方文化内涵；学术价值——“青牛白马”可能是一种图腾，通过对它的研究，可以进一步揭开丧葬习俗之谜，丰富民俗学知识内容；经济价值——契丹始祖传说地点是马盂山，它是国家级辽河源森林公园所在地。通过此传说弘扬，促进平泉旅游事业发展，增加经济收入。

钱王传说

以吴越国王钱镠生平事迹衍化而成的民间传说。钱王传说源远流长，关于他的出生，民间有多种传说。钱王去世后，宋朝皇帝对钱王及其后人册封。其传说故事在他家乡浙江临安家喻户晓，妇孺皆知。宋元笔记中，宋代文莹《湘山野录》、林禹《吴越备史》、毕仲询《幕府燕闲录》、潜说友《咸淳临安志》，元代盛如梓《庶斋老学丛谈》、刘一清《钱塘遗事》等地方志中均有记载。凡钱王活动过的地方，几乎都有他的传说故事，并扩展到了美国、日本、韩国、新加坡等国。钱王传说内容丰富，有钱王生平、家世传说，有钱王见义勇为、智勇过人传说，有艰苦创业、建功立业传说，有除暴安良、关心百姓疾苦传说，还有地名、地方风物及风俗传说。近年来，钱王传说大量被创作成戏剧、电影、电视剧等，这些文学艺术在民众中产生很大影响，又在一定程度上推动了口头故事的传播。钱王传说是庞大的传说群，是千百年流传下来的集体创作结晶，具广泛的群众性和民间传承性，有重要的历史、文化、研究价值。

屈原传说

湖北省秭归县人民将屈原与境内自然景观、人文景观相互联系起来而创作和传承的以抒情和表意的民间文学。屈原，战国时期的楚国诗人、政治家，楚辞的创立者和代表作者。传说屈原死后，楚国百姓哀痛异常，纷纷涌到汨罗江边去凭吊。渔夫们划起船只，在江上来回打捞他的真身。有位渔夫拿出为屈原准备的饭团、鸡蛋等食物，“扑通、扑通”地丢进江里，说是让鱼龙虾蟹吃饱了，就不会去咬屈大夫的身体了。人们见后纷纷仿效。一位老医师则拿来一坛雄黄酒倒进江里，说是要药晕蛟龙水兽，以免伤害屈大夫。后来为怕饭团为蛟龙所食，人们想出用楝树叶包饭，外缠彩丝，逐渐发展成粽子。屈原传说以情动人，以理励人，以事感人，以景寓情，以事寓理，以虚寓实，以实寓虚，情感浓烈，内涵深邃。现实主义与浪漫主义相结合的创作手法更是别出心裁。如《三星照半月》的星月彻夜伴读、《照面井》的井水明照忠奸、《挂艾嵩插菖蒲》的艾蒲驱魔除贼等传说，通俗易懂，寓意深刻。又如《神鱼》的夸张手法、《红漆棺材》的讽喻手法、《我哥回》的抒情手法、《雷劈石》的比兴手法等，使屈原传说故事的文学艺术价值得到进一步深化，不仅可以从中总结出有益的文学创作经验，而且还能推动民间文学理论的研究。

舜的传说

山西省沁水县以及山东省诸城市一带广泛流传的有关舜的传说。内容主要包括有：①舜耕治历山传说。有《舜耕历山》、《三道犁沟》、《无鞭之价，鞭笞之利》、《斩龙台》等，讲叙舜的勤劳、睿智和善良。②舜的生活和婚姻方面的传说。有《竖井变斜井》、《大雨倾盆灭麦火》、《尧王选贤，择舜为婿》、《比才华，妹“正”姐“偏”》等故事，讲叙舜在童年时遭受了许多磨难，但他诚实、仁爱，得到尧帝的赞赏。③舜与当地植物及地名渊源的传说。这方面的传说在下川遗址数量最多，有《大舜刀劈一线天》、《冻冽洼，马栅背》、《雪红坪》、《林迟木》、《猪娃岭》、《菜园背》、《大尖头小石泉》等，这些古老又迷人的传说、绚丽的风景山水、独有的土石草木，都与舜有着奇妙的联系，表达出人们对历山、对舜帝的深深的情和爱。对舜的传说的研究，具有历史研究价值、文学研究价值和教育价值。

苏东坡传说

以北宋文豪苏轼的故事发展演变而来的传说故事群。苏轼（1037~1101），宋代文学家、书画家。字子瞻，一字和仲，号东坡居士。他学识渊博，多才多艺，在书法、绘画、诗词、散文各方面都有很高的

造诣；性格豪迈，为人表里澄澈，讲究风节操守，一生虽遭受很大的政治磨难，但对人生始终抱有超旷达观的襟怀；他同情百姓，关心生产，在各地为官期间，为当地老百姓切切实实做了许多好事。苏东坡传说可分为三类：一类讲述他爱护百姓，凡事能设身处地为百姓着想，帮助百姓解忧排难；一类传说主要渲染苏东坡的才气，说他出口成章，才思敏捷，留下一连串佳话；还有一类传说则与地方风物相关联。苏东坡传说虽然为系列故事，但通篇都洋溢着苏东坡的风趣、睿智、乐观和富有情趣的个性及人生态度，因而，在流传和发展中，这些传说故事带给我们的不仅仅是一种精神的愉悦，更多的则是苏东坡对人生的洞察、感悟，对年轻一代更有裨益和启示。

泰山传说

泰山文化的重要组成部分。泰山是一座名山，不仅以其雄伟壮美的自然景色闻名，而且以其灿烂丰富的历史文化著称于世，被命名为世界自然与文化遗产。泰山的历史文化是与中华民族的传统文化联系在一起的，它经过 2000 余年的积淀，无论是身为人主的帝王，还是命在朝廷的达官，无论是放浪山水的文人，还是云游四方的僧道，甚至面朝黄土背朝天的芸芸众生，他们的政治思想、道德观念、憧憬与希望，都在泰山以不同的形式，不同的载体有所体现，被誉为中国传统文化的局部缩影。泰山传说，就是这个缩影的一个重要组成部分。东岳为首，泰山可依，泰山梁木，泰山不让土壤等，反映了自强不息，奋发向上的民族精神，反映了不屈不挠，磊落光明的传统美德，表现了人们对邪恶势力的仇视，对美好幸福生活的向往与追求。这些典故与传说，不仅有很强的趣味性和可读性，而且有着广博而精深的文化内涵。

陶朱公传说

山东省定陶县一带流传的有关陶朱公的传说。陶朱公，本名范蠡，字少伯，楚国宛城三户（今河南南阳）人，是春秋末期的政治家、军事家和经营思想家。陶朱公传说源于山东定陶，广为流传于我国的民间及世界华商中，距今已有2500多年的历史。相传在吴越争霸中，范蠡辅佐越王勾践，发愤图强，度过危难，终于在公元前473年灭吴。功成之后，他弃官退隐，离越去齐，称鸱夷子皮。齐国想任他为相，他又移居陶（今山东定陶西北），经营商业，改名陶朱公，成为巨富。传说中的陶朱公善于理财，乐于散财，聚财散财，随心所欲，简直达到了出神入化的境界。秦汉以来，陶朱公一直被人们奉为财神爷。陶朱公传说深深扎根于民间，富有地方特色，特别是故事传说中的语言提炼表现得尤为突出，所写地理位置、农家民俗、引典佐证、历史记载都有着浓郁的地方特色。《经商十八利》、《经商十八忌》、《陶朱公造秤》、《陶朱公名的由来》等民间传说故事，已成为陶朱公文化与研究的重要来源。

天坛传说

北京地区流传的关于天坛的口头传说。可分为五类：①建坛传说。《天坛的由来》、《天坛建立之说》、《建祈年殿的故事》、《嘉靖重修祈年殿》等传说，从不同角度讲述了皇家与天坛千丝万缕的联系。②景物传说。天坛是皇帝与天对话的地方，所有的建筑都充满了神奇色彩，每座建筑的构成都由天主宰，体现着“天为阳，地为阴”、“天圆地方”、“天人合一”、“天人感应”的观念。③天坛故事。天坛的一些民间传说突破了传说体裁特点的限制，更像是幻想故事或生活故事，如《益母草的传说》。④坛根儿传说。坛根儿是北京老百姓对天坛周边地区的称呼，历来都是普通劳动者的聚居之地。在这里流传的传说很

多，如《金鱼池和龙须沟》、《龙睛金鱼》、《沈万三脚跺金鱼池》等，反映出生活在社会最底层的人们对美好生活的期望。⑤人物传说。历代帝王天坛致祭活动的逸闻轶事，近现代历史人物的有关行迹，历来成为市民的街谈巷议，在坊间广为流传。这些口头传说的产生，以及对一代代民众的影响，从根本上说，表达与反映了长期处于农耕社会下的广大民众的生存意愿和现实诉求。因此，围绕天坛和祭祀而产生的民间口头传说，既有神圣性，也有世俗性，圣与俗的统一，成为天坛传说的一个显著特点。

秃尾巴老李的传说

山东省即墨、莒县、文登、诸城一带流传的有关秃尾巴老李的故事。秃尾巴老李是传说中黑龙江的龙神。这个传说的背景是，数百年间，有成千上万的山东人闯关东到东北，他们克服各种困难，一代代地耕耘、扎根在东北的黑土地上，但他们的思乡之情、寻根之心难以割舍，于是便幻想有秃尾巴老李这个呼风唤雨的乡亲，能够自由自在地来往于东北和山东之间。现在与流传故事相似的文字记载，见于清朝袁枚的《子不语》:“山东文登县毕氏妇，三月间浣衣池上，见树上有李，大如鸡卵。心异之，以为暮春时不应有李，采而食焉，甘美异常。自此腹中拳然，遂有孕。十四月产一小龙，长二尺许，坠地即飞去。到清晨必来饮其母之乳。父恶而持刀逐之，断其尾，小龙从此不来……”人们用虚拟的神话传说，增添山东老乡团结合作的决心，并成为他们战胜困难的精神支柱。

王羲之传说

浙江省绍兴一带流传的关于王羲之的传说。王羲之，东晋书法家、文学家。字逸少。会稽(今浙江绍兴)人，祖籍琅琊(今山东临沂)。初

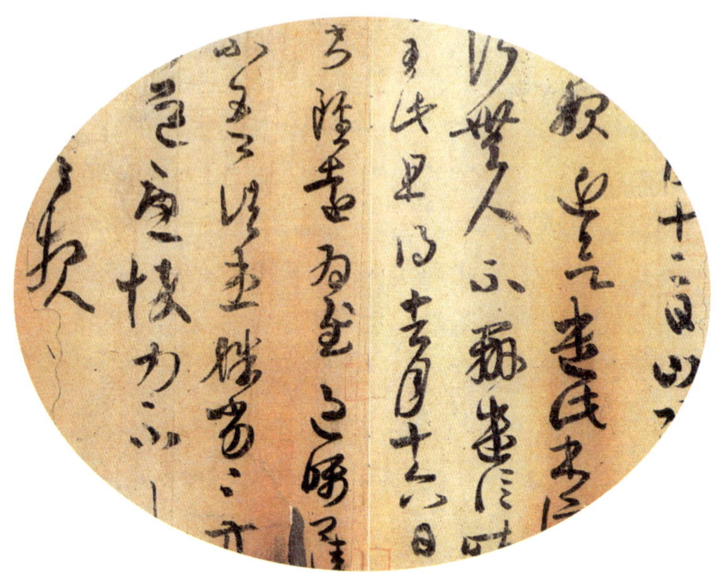

为秘书郎，征西将军庾亮引为参军，累迁长史。后拜宁远将军、江州刺史。复授护军将军，迁右军将军，会稽内史。因与扬州刺史王述不和，称病离郡，放情山水，弋钓自娱。以寿终。其书法真、行、草、隶诸体皆精，尤其擅长真书、行书。字势雄强多变，有“龙跃天门、虎卧凤阁”之誉，为历代书法家所崇尚，有“书圣”之称。王羲之传说，涵盖了其出生、成长及晚年的生命历程，非常生动感人，展示了他的生活道路和孜孜以求的奋斗精神。

王昭君传说

湖北省兴山一带流传的有关王昭君的传说。王昭君名嫱，汉代选入汉宫为待诏，匈奴首领呼韩邪单于向汉求亲，汉元帝将昭君以义女公主身份嫁之。昭君出塞后，汉匈两族团结和睦，国泰民安，“边城晏闭，牛马布野，三世无犬吠之警，黎庶忘干戈之役”，展现出欣欣向荣的和平景象。公元前 31 年，呼韩邪单于亡故，留下一子，名伊屠智伢师，后为匈奴右日逐王。按照匈奴“父死，妻其后母”的风俗，昭君以大局为重，嫁给呼韩邪的长子复株累单于雕陶莫皋，又生二女，长女名须卜居次，次女名当于居次（居次意为公主）。公元前20年，复株累单于又死，昭君自此寡居。一年后，33岁的绝代佳人王昭君去世，厚葬于今内蒙古自治区呼和浩特市南郊。墓依大青山，傍黄河水，后人称之为青冢。王昭君传说一直被世人传颂，充满了传奇性和民族性，具有广泛的群众基础，千百年来不仅丰富了人们的精神生活，而且还逐渐渗透到了民众的生活之中。作为内容十分丰富的民间文学资源，昭君的风物传说以及和昭君有关联的事物，借助有形载体，已作为特有的民俗现象被固定下来，深深地融入到民众生活当中，成为了一道亮丽的地域文化风景。

西湖传说

浙江省杭州市一带流传的关于西湖的传说。西湖是中国著名风景名胜区，古迹遍布，山水秀丽，景色宜人。传说古时候，天庭的银河边住着一条玉龙和一只金凤。它俩将银河边的一块璞玉磨成一颗璀璨的明珠。据说这颗明珠照到哪里，哪里就百花盛开，五谷丰登。谁知，这颗明珠却被王母娘娘抢去锁进了深宫里。王母生日的那一天，天宫里摆下了蟠桃会，王母为了炫耀自己，就把那颗明珠拿出来给众神仙观赏。玉龙和金凤发现了明珠的光芒后，就赶到天庭去向王母娘娘索取。王母哪里肯依，在你争我夺间，明珠就掉到了人间。玉龙和金凤为了保护明珠，也就一前一后来到了人间。明珠掉落到杭州后，变成了美丽清澈的西湖。玉龙和金凤因舍不得离开明珠，就各自变成了玉皇山和凤凰山，永久地

守护在西湖边上。如今的西湖正以其更加妩媚的美姿，吸引着五湖四海的宾朋游人。

西施传说

中国民间传说。西施传说产生于春秋末期，起源于民间口头讲述，自发端流传至今，已有 2500 多年的传承历史。最早的文字记载见于《墨子》和《孟子》等。西施传说以吴越争战为历史背景，以西施一生传奇经历为主干，以人物传说（如“东施效颦”）、地名传说（如“白鱼潭”）、物产传说（如“香榧眼”）、风俗传说（如“三江口水灯”）等为枝叶，内容丰富，涉及人物、地名、物产、风俗等，从不同角度歌颂了西施的美丽、善良和为国甘献身的奉献精神。西施传说还以曲艺、戏剧等多种形式加以传承流播。西施传说除了民间文艺学本身的学科意义之外，还具有文学价值、美学价值、史学价值和人文价值，对弘扬优秀人文精神具有积极的意义。

徐福东渡传说

浙江省象山、慈溪一带流传的徐福东渡的传说。起源于秦始皇求长生不老、方士徐福求仙人不得而东渡日本的故事。公元前221年，秦始皇统一中国，建立秦王朝。第三年在封禅泰山之后，为求长生不老，东游海上希冀遇仙山而未得。方士徐福上书言“说得斋戒，与童男女求之”。(《史记》) 于是秦始皇“遣徐福发童男女数千人，入海求仙人”。徐福先后在渤海、黄海一带寻觅仙山而未得。公元前210年冬天，秦始皇南巡，丞相李斯、皇子胡亥随行，过钱塘江，“上会稽祭大禹”。徐福获悉，恐事泄遭戮，即离象山蓬莱山远航，转折至亶州（即今日本）。徐福东渡开中日文化交流之先河，缔造了中日交流友谊，具有十分重要的意义。徐福把秦代文明传入日本，促进了日本社会由绳纹（原始）文化向弥生（用铁器耕作）文化的飞跃，徐福在日本被称为“农耕神”、“蚕桑神”和“医药神”。其传说流传范围广，对移民文化研究有重大历史价值。

炎帝神农传说

湖北省民间流传的关于神农氏的传说故事。传说炎帝神农氏是上古时代三皇五帝中的一位贤圣的帝王，是中华民族的化身。我国许多史籍，如《左传》、《水经注》、《路史》等，都认为炎帝神农氏的出生地是厉山、列山或烈山，即今湖北省随州市厉山镇。据清同治《随州志》记载：列山上建有神农庙、神农井、炎帝庙。相传神农氏诞生于厉山镇南九烈山第五座山头半山腰中的神农洞。神农洞的附近有一座古庙，内供伏羲氏、神农氏、轩辕氏的塑像。随州市厉山镇距神农架林区只有两百余千米，前者是神农氏故乡，后者是神农氏长期生活的地方。至今，两地的民俗风情、方言、有关神农氏的传说故事，都大抵相似。两地皆系炎黄文化的发源地之一。神农架关于神农氏的传说故事极为丰富多彩。炎帝神农氏在这一带搭架采药、惩恶扬善、为民谋利的事迹，在这里家喻户晓。这些传说故事表明，神农氏曾踏遍神农架的千山万水：他架木为巢，供老百姓居住；他搭架采药，编写药书，为民治病；他斗凶兽、惩恶人，弘扬了人间正气；他教民稼穑、养蚕、纺织、种树、采茶、制陶、饲养禽畜，创集市贸易，作琴瑟、创歌舞，与民同乐，出现了太平盛世。

杨家将传说

一种以民间说唱方式表达的文学。杨家将的故事由来已久，早在宋代便开始流传。明代熊大木写了虚实杂糅的《杨家将》一书，表现杨家祖孙三代抗辽保宋、英勇杀敌的业绩，使传说有了更完整的故事。说唱本《杨家将传说》填补了汉民族史诗上的空白。《杨家将传说》说唱本，约 30 万行，可说唱 600 个小时，它的演唱方式区别于鼓书，带有山西北方秧歌曲调。对它的发掘整理及研究刊布，将改写中国汉族没有民间史诗的历史，并将为有关杨家将的戏剧、曲艺和民间故事提供丰富生动的材料。

尧的传说

民间流传的有关中国古代传说的圣王——尧的故事。尧，后代传说他号陶唐，姓伊祁氏，故亦称为唐尧，是由部落联盟议事会推举产生的联盟首领。尧的品质和才智非凡绝伦，即位以后，局面大变：举荐本族德才兼备的贤者，首先使族人能紧密团结，做到九族既睦；又考察百官的政绩，区分高下，奖善罚恶，使政务井然有序；同时注意协调各个邦族间的关系，教育老百姓和睦相处，因而“协和万邦，黎民于变时雍”，天下安宁，政治清明，世风祥和。尧的传说最为人们称道的，是他不传子而传贤，禅位于舜，不以天子之位为私有。传说中尧与四岳讨论治水人选和继任人选，在一定程度反映了部落联盟议事会的情景；尧禅位于舜，是原始民主作风的遗存。

永定河传说

民间流传的永定河发展过程中的有关故事传说。永定河是北京地区最大的河流，被称为北京的母亲河，孕育了纵贯历史发展、底蕴积淀深厚的永定河文化。永定河传说就是其中别具特色的内容之一。在众多传说中，最有代表性的是：河挡挡河的传说、石经山和湿经山的

传说、永定河镇水牛的传说、王老汉栽种河堤柳的传说、冯将军严惩老兵痞的传说、麻峪村由来的传说、刘娘府的传说。永定河传说生动形象，内容丰富，具有浓厚的地方色彩，是永定河两岸人民群众智慧的结晶。它记述了不同历史时期人们治理永定河的发展史，为研究北京生产发展史提供了翔实资料；同时传说中反映的永定河周边人民为制服水患，与大自然不懈抗争的斗志和精神，具有一定的现实意义和教育价值。

禹的传说

有关中国古代部落联盟领袖禹的事迹传说。禹是传说中夏代的始祖。他的传说故事，从古至今流传于中国民间。大禹的主要业绩是治水。禹的传说，原来含有较多的神话因素，在长期流传中，有关他的神话传说大部分被历史化，禹这个神话传说人物渐渐成为符合儒家观念的帝王典范。禹的传说中出现了更多政治性活动的情节，如他派人度量大地，召集臣民开会议事，赏功罚罪，求贤任能等。并为他制造了显赫的家谱世系，这就使禹这个神话传说人物逐渐离开了他的本来面目。然而，在人民中间，大禹仍然是一位具有神异色彩的治水英雄。有关禹治洪水的传说，常与地方景物相附会。如传说他从泰山担了99担石头筑堰挡水，这石头后来变成山东的九节长白山。山西也有大禹治理晋阳湖的传说。这类传说着重表现他不畏艰险，为民造福的伟大精神，以此教育后辈。

赵氏孤儿传说

山西省盂县一带流传的民间传说。据《史记》载，公元前597年，晋景公听信权臣屠岸贾谗言，致使赵氏家族300余口满门抄斩。义士程婴和公孙杵臼将赵盾之孙赵武救出，策马逃入千里之外的深山（今盂县藏山）藏匿15年之久。当地百姓为保忠良之后，送水送饭，程婴带着赵氏孤儿习文练武，把一个婴儿抚养成英俊少年，直至赵家冤屈得以昭雪。

在盂县民间，有关赵氏孤儿的传说口耳相传、传承有序。每年农历四月十五庙会，盂县有100多座庙宇都供奉同一个神，那就是灵感大王——赵氏孤儿赵武。而且，每年过庙会都要唱戏，除藏山庙会外，大部分庙会都会唱《赵氏孤儿》。

赵氏孤儿传说是弘扬中华民族古文化精华的代表作，通过救孤、搜孤、抚孤、复仇等情节，向人们展现了舍己救人、除恶扬善的民族精神。故事情节起伏跌宕，扣人心弦，充分体现了中华民族传统文化的精神内涵。

庄子传说

山东省东明县一带流传的有关庄子的传说。庄子，名周，字子休，是中国古代著名的思想家、哲学家、文学家，是道家学派的代表人物，老子哲学思想的继承者和发展者，先秦庄子学派的创始人。在战国时期，庄子的故事就开始流传。他曾经做过漆园吏，不久辞官归隐，过着清贫的生活，有时靠打草鞋、钓鱼维持生计。但他淡泊名利，楚威王曾重金聘请他为相，他坚辞不受。

有关庄子对社会、自然、人生、道德、政治等方面的体验和感受而衍化出来的民间传说故事，据统计有120多个，内容涉及庄子的出身，庄子对政治、自然、人生的态度，以及与庄子有关的特殊物品的来历等。庄子传说已在民间流传2000多年，在长期的流传过程中，经过人们的不断加工、提炼，许多故事已经成为优秀的文学作品。

第四篇

民间故事

民间故事是民间散体叙事文学的一种体裁。有广义与狭义的区别。广义的民间故事是指流传在民众中与民间韵文相对的民间散文叙事作品。狭义的民间故事指除神话、传说之外的，一系列具有神奇性幻想色彩或讽刺性奇巧特点很强的散文叙事作品。一般分为 4 种形态：神奇故事（或叫民间童话、幻想故事）、动物故事、生活故事和幽默、滑稽性的短小故事。

民间故事具有鲜明的艺术特点：①奇特的幻想和浓厚的生活色彩，容易引起受众的注意，使人觉得可玩味，可借慰，又具有娱乐性，易于广泛传播、世代相承。②民间故事中的时间、地点以及主人公姓名，大都是泛指的、通称的，如“古时候”、“在山那边”、张三、李四之类。③故事结构遵循一定的形式展开，情节往往大同小异，有类型化、主题化倾向。故事类型往往突破地区、民族、国家的范围，而具有国际性、世界性。

巴拉根仓的故事

以巴拉根仓为主人公的蒙古族民间大型讽刺幽默故事群。巴拉根仓是人名，蒙古语意为“丰富的语言”或“智慧的宝库”。巴拉根仓的故事广泛流传在中国内蒙古的呼伦贝尔、科尔沁、鄂尔多斯和青海、甘肃、新疆的蒙古族聚居区，以及蒙古国、俄罗斯的布里亚特等地区，是蒙古族民间讽刺文学的代表作，它和藏族的阿古顿巴的故事、维吾尔族的阿凡提的故事同属一类。主人公巴拉根仓并非实有其人，他是蒙古族劳动人民根据自己的想象虚构出来的理想人物，是聪明机智、幽默风趣的蒙古族劳动人民的代表。

北票民间故事

辽宁北票世代流传下来的民间传说与故事。从内容上看，北票民间文学与当地民众的生产、生活及精神活动有着鲜明的伴生性与依存性，主要反映以下一些内容：①当地自然与人文景观的风物传说，如《白黑二仙》、《桃花山的传说》等；②历史上在北票地区生活或活动过的人物的传说，如《哈达爷的故事》、《尹湛纳希的系列传说》等；③具有浪漫幻想色彩和地方特色的童话故事，如《关才和黄鹤》、《画中姑娘》等；④贴近现实、散发着浓郁生活气息的生活故事，如《年关》、《伙计争灯》等。这些传说与故事从不同角度反映了北票地区的社会历史，民众的日常生产、生活和文化创造，承载着北票民众的喜怒哀乐与理想愿望。 从艺术形式上看，北票民间文学体现着蒙、汉民族文化交融的鲜明特色。在北票地区流传的民间文学作品，大都承继了汉族民间文学长于叙事的特点，也吸纳了蒙古族民间文学长于比拟、描摹的特色。北票民间文学作品具有人物形象鲜明、呼之欲出，语言生动形象、平易通俗，叙事流畅自然、娓娓道来的特点。北票民间文学主要以家族传承和社会传承为主，是辽河以西的蒙、汉两族民众共同拥有的珍贵的民间文化遗产，具有鲜明的地域文化特色和重要的科学、历史文化价值。

都镇湾故事

具有浓郁的民族气质和乡土风味的土家族传统文化。最早产生于2800年前，重点分布在湖北省宜昌市长阳土家族自治县都镇湾的杜家冲、十五溪、庄溪和龙潭坪等地区。内容涵盖了：神话，包括天体、大地、山川、河流起源，人的起源，牲畜起源；传说，包括动、植物传说，神仙传说，帝王传说，地名传说，风物传说，习俗传说；故事，包括机智人物故事、动植物故事、幻想故事、精怪故事、生活故事、革命故事等；笑话；寓言等。其特征是情节发展简洁明快，有话则长，无话则短；开头单刀直入，结尾戛然而止。它的传承方式大致分为两种：一是家族传承，含家庭传承；二是社会传承，含村落传承。都镇湾故事不仅具有娱乐、教化、认识生活、和谐社会的功能，同时具有认识历史、传承历史和民俗学的研究价值。

耿村民间故事

河北藁城常安耿村一带流传的民间故事。耿村，处冀中平原，被誉为“中国民间故事第一村”。该村传承的故事内容涉及社会学、伦理学、历史学、宗教学、哲学和文学等方面，有故事家庭、故事夫妻、故事兄弟、故事母子、故事父子等传承模式，具有较高的学术价值。耿村故事表现出的审美观、价值观以及科学认识、道德教化和娱乐功能对建设社会主义精神文明、丰富人民群众的文化生活、提高人民群

众素质、构建和谐社会有着积极的现实意义。现相关机构和人员已记录、整理出耿村民间故事 6000 余万字，先后编印内部科研卷本《耿村民间故事集》5 部，公开出版了故事家专集和研究性著作 10 部，计 955 万字。

古渔雁民间故事

辽宁省盘锦市辽河口一带流传的民间故事。地处辽河口海域的二界沟小镇一直是特殊的打鱼人群体——古渔雁的落脚聚集之地。维持这一生计的打鱼人没有远海捕捞的实力，只能像候鸟一样顺着沿海的水陆边缘迁徙，在江河入海口的滩涂及浅海捕鱼捞虾。因其沿袭的是一种不定居的原始渔猎生计，故辽河口民间称其为古渔雁。由于生计的特殊性，

古渔雁民间文学和一般海岛渔村的民间文学有很大的不同。鲜明的渔雁生计特点和原始文化遗韵对该群体的历史与生活、习俗与传统、信仰与文化创造等有全方位的反映。在形式方面，古渔雁民间文学篇幅短小，情节简单，内容原始，较少发展和变化。古渔雁民间文学以口述史的方式记述和反映了这一古老的生计方式，具有重要的历史、文化和科学价值。

海洋动物故事

浙江省洞头县一带广泛流传的民间故事。海洋动物故事由渔区人民群众集体创作，口耳相传。它在洞头的形成和传播已经有近200年的历史，主要以海洋动物为主人公，以拟人化的手法，通过动物之间的关系，奇特构思，有人变鱼虾的传说，有鱼虾入药的故事，有龙宫、人、鱼类之间的故事等，曲折而又形象地反映了人们的思想感情和各种社会现象，体现了海岛群众的生存智慧和审美观念。

嘉黎民间故事

西藏自治区那曲嘉黎县一带广泛流传的民间传说。代表性的传说有：当年格萨尔王率大军前往魔域征战，途经嘉黎县时，天色已黑，前面隐隐约约出现一支军队，再加上当时风声如战鼓，山上旌旗招展，为首的的魔王骑一匹战马，蠢蠢欲动。于是，格萨尔王张弓搭箭，直到拉得月满弦，“嗖”的一声，箭带神光射向那魔王，正中喉头。顿时，一切归于寂然，格萨尔王遂命大军就地宿营。第二日，才发现是一山脉，山上巨石林立，有如千军万马，峥嵘狞目，石中多有被风雪侵蚀的小孔，而靠东石中有一圆洞，粗如圆木，洞壁圆滑，确如箭穿所致。格萨尔王继续前行，途经现嘉黎县措多乡时，发现一石壁，三面环绕，壁仞千尺，如刀砍斧削，其下开阔平坦，易守难攻，于是，格萨尔王遂令驻营，依山而建战马场，并将此地长期作为大军战马供应基地。

喀左东蒙民间故事

辽宁省喀喇沁左翼蒙古族自治县及东蒙各部流传的蒙古族民间故事。它描述了东蒙地区300年来满、蒙民族在政治、经济及婚姻等方面交往互动的历史，也对蒙、汉民族协力农耕开发辽西及蒙、汉、满三个民族文化的融合历史作了广角度的展现，既隐含有蒙古族古老的原始崇拜思维观念及对农耕前期的森林狩猎、游牧生活的追怀，同时又涌现出大量反映农耕生活的作品，传达出这一地区蒙古族民众对农耕生产的热爱与向往，折射出鲜明的草原文化与农耕文化交汇相融的特色。其口头叙事方式既承继了草原游牧文化的传统，又以博大的胸怀吸纳了中原汉民族农耕文化的营养，对定居后的农耕生活有全方位、广角度的反映，因而形成了与草原蒙古族民间文学同中有异的文化特色。这些口头叙事对于研究喀喇沁、土默特等东蒙各部蒙古族历史、文化，考察蒙古族文化的变迁，具有重要的参考价值。

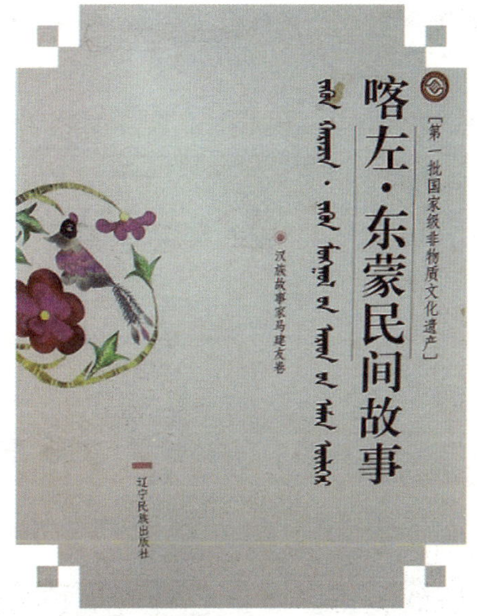

崂山民间故事

崂山人民千百年来集体创作的口头文学。崂山民间故事门类广、数量多、内容丰富，从现已搜集到的崂山民间故事内容推断，崂山民间故事最早发生于远古年代。据《山东省志·蒲松龄传》记载，康熙十一年（1672）四月，32 岁的蒲松龄随本邑缙绅高珩、唐梦赉游崂山，受当时崂山民间传说故事的启发，以崂山耐冬、牡丹和崂山道士为题材写成了短篇小说《香玉》和《崂山道士》，这也是最早记载崂山民间故事的文字。崂山民间故事的内容大致包括神话、传说、故事等几方面，涵盖自然变化神话、英雄神话、历史人物传说、宗教人物传说、仙道传说、山川传说、特产传说、鬼狐精怪故事、动物故事、生活故事、机智人物故事等 5600 余个。受自然、地理环境和道教文化的影响，在崂山的民间故事中，数量最多且最有崂山特色的当推风物传说、宗教人物传说、鬼狐精怪故事和海洋故事。崂山民间故事具有乡土大众文化与山海文化交汇相融的特征，并在世俗文化与宗教文化

的相互渗透中不断演进，地域特色鲜明，具有较高的历史价值、文学价值。

满族民间故事

辽宁省满族民间传承的文学作品。故事生成于满族由渔猎转向农耕，并且与汉族文化密切接触、融合，逐渐形成满汉杂糅的文化特征这样一个特定的历史阶段。南迁至辽宁境内的满族支系，其文化既与整个满族的发展历史及积淀形成的民族整体风貌一脉相承，又与未作南迁至今仍生活在白山黑水的满族其他支系迥然有别。这些特点都鲜明地体现在由辽宁满族民众集体创作、世代传承、记录他们生活世界和意义世界的故事中。从时间上看，满族民间故事描绘的是清朝前史时期满族先民社会生活的画图，是对族群生命意识的艺术展现与诗化歌颂，鲜明地体现了辽宁满族民众对生存现实的深深关注，寄托着他们对理想人生的执著追求。

《米拉尕黑》

东乡族民间故事。又名《月光宝镜》。流传于甘肃省东乡族地区。主要内容是：古老的年代，一位英俊出色的猎手米拉尕黑，用箭射下一片月亮，得到一面月光宝镜，而镜中留有一位叫海迪亚的美女的身影。米拉尕黑得到智者的指引，找到了海迪亚，以宝镜做媒证和聘礼，约定第二年完婚。但就在他们准备举行婚礼时，战争发生了。米拉尕黑跨马出征，抵抗入侵的敌人。当米拉尕黑远征时，财主恶少马成龙请来魔鬼给海迪亚喝下迷魂汤。战后米拉尕黑赶回戈斧山，而海迪亚已失去记忆。米拉尕黑得到智者和风雪宝驹的帮助，在马成龙娶亲时救出海迪亚，并

且用他们彼此相爱的往事和月光宝镜唤起海迪亚的记忆，一对经过重重魔劫的情人，在玛瑙海边举行了婚礼。故事具有传奇性，情节曲折，生动感人，是东乡族民间文学中的优秀作品。

谭振山民间故事

民间故事讲述家谭振山讲述的民间故事。谭振山（1925~2011），男，祖籍河北，生于辽宁省新民市罗家房乡太平庄村。辽河区域口头文学的代表人物。他能讲述600个民间故事，内容多为风物传说、鬼狐精怪故事、历史人物传说及生活故事和笑话。这些故事基本通过家族、亲朋传承。谭振山在20世纪80年代末民间文学集成调查中始被发现，民间文学工作者对他讲述的民间故事进行了采录。1988年，《谭振山故事选》出版，选录谭振山讲述的民间故事53篇。谭振山讲述的故事引起了国内外学界的注意。1992年，谭振山应日本元野市市长邀请赴日参加世界民间艺术博览会，并为到会的日、印、韩、意、德等国学者们讲述了中国民间故事。台湾中正大学教授陈益源及其学生曾两次到谭振山家进行采录。谭振山是民间故事家中进大学讲学的第一人。

伍家沟民间故事

湖北省丹江口西部六里坪伍家沟流传的民间故事。伍家沟民间故事传承状况与河北耿村齐名，民间文艺界有“北有耿村，南有伍家沟村”的赞誉。其故事种类齐全，内容丰富，分神话、传说、故事、寓言、童话和笑话等六大类别。伍家沟地处武当山的褶皱里，较为封闭，故而原生态的作品较多，如武当山的传说、陈世美的传说和有关本乡本土的传说等，都是当地所独有的“土产”。这些传说源远流长，如《人狗成亲》这类神话首次在伍家沟故事中发现，从中可见原始社会荒火为害和以狗为图腾的状况；《挖断岗》则传达出了关于生殖崇拜的信息；李自成到过武当山地区的传说为外界闻所未闻；《秦朝的书生今日死》虽是当代作品，但它浓郁的传统色彩是了解该地区故事发展的一道道鲜明年轮。伍家沟民间故事生态鲜活，有的老人至今仍把幻想故事如《林家庄遇鬼》、《狐狸精偷鸡》、《吃过鸡蛋捏碎壳》等当成实有其事，讲者生动传神，听者兴趣盎然。这就使得这些故事文化表现形式的传承有了一定的群众性。

锡伯族民间故事

锡伯族广泛流传的民间传说。锡伯族有着悠久的历史、灿烂的文化。锡伯族民间故事与锡伯族人民的生产、生活息息相关，它记录着锡伯族的历史、习俗、生活等内容。人们在社会实践活动中，会发生许许多多令人难忘的小故事，这些故事又经过历代千百人的口耳相传，不断地予以艺术加工创作，便形成了为人们所喜闻乐见的民间口头文学作品。其内容丰富，题材广泛，历史跨度大，人格化程度高，同时又有浓郁的生活气息、深刻的思想内涵和较强的艺术感染力。既有展现锡伯族英雄人物的传奇故事，又有歌颂爱情的神话故事，还有反映锡伯族风土人情的千姿百态的故事。

下堡坪民间故事

湖北省宜昌市夷陵下堡坪流传的民间故事。据调查，下堡坪及周边流传的民间故事有 2000 多个。下堡坪乡民间故事原生态作品多，大都具有鲜明的本地特色，故事的文化品位较高。如含有诗词对联等文学形式，高雅而精致。长工董国天的故事系列和陈瓦匠的故事系列分开讲是数百则小故事，合起来看是两部鸿篇巨制，实为民间故事中所罕见。下堡坪民间故事是三峡坝区——宜昌市夷陵区以及整个三峡地区民间文学的缩影，有较高的学术价值和鉴赏价值。

徐文长故事

民间流传的机智人物故事。民间文学界素有“北有阿凡提，南有徐文长”之说。徐文长故事以明代中晚期历史为背景，从徐文长少年时代

的传说故事《竿上取物》起，一直说到他的临终遗言《化千成万宝中宝》止，形成了一个庞大的故事群，现存篇目约335篇。故事内容包括：惩罚土豪劣绅，抗击倭寇的奇谋战绩；杰出的诗词、对联和书画；解决疑难问题的智慧和谋划；对敌人的辛辣讽刺，对朋友和下层百姓的百般呵护。从中体现出徐文长的超人才华和“威武不能屈，富贵不能淫，贫贱不能移”的个性和品质。徐文长故事不但流传于浙江绍兴全境，还辐射至江、浙、沪乃至海外华人居住的地方，具有重要的民间文学价值，同时又为传记文学和历史研究提供了有益的资料。

走马民间故事

重庆市走马镇流传的民间故事。走马民间故事起源的确切年代无从稽考，但走马场建立于明末清初并很快得以兴盛，故事应与之同步发展，其产生形成至少已有四五百年的历史。其内容庞杂、类型多样，除了民间传说故事的一般类型，如神话仙话、风物传说、动植物传说、民俗传说和生活故事等外，还蕴藏着其他独特的文化信息，诸如巴人图腾龙蛇的传说等。作为古代巴文化的重要遗存，这类故事的数量相当大。它具有讲述时机和场合的多样性、故事构成的多源性、本土文化与外来文化的共存性等特征，不仅可以丰富民众的文化生活，而且能够为人类学、文化学、宗教学、民族学和方言学等多种学科提供研究资料。

第五篇

说唱文学

说唱文学是以说唱表演为特点的民间口头文学的总称。流传于乡镇间，兼有说、唱两方面的特点，把文学、表演、音乐融为一体。一般分为 3 种形态：①说故事。说故事是在民间讲述故事的基础上形成的，一般以评书、评话等形式表演，通常为短篇单段，有时也有长篇大书。②说笑话。说笑话是一种寓教于乐的形式，活泼、诙谐，以幽默见长，具有讽喻性。③唱故事。唱故事主要是民间各种说书。它以韵文形式配以简单乐器演唱故事，表演时说唱兼作。此外，还有些小型演唱，如各种即兴的快板、顺口溜、莲花落等。这类形式比较灵活，用韵也多采取花辙，多描写所见所闻，对应当时情景，不在于原原本本表演故事。

各地民间说唱大都带有浓厚的地方特色，都是在不同地区的生活和艺术传统基础上形成的。它们不仅以地方命名，在音乐、语言和表演形式上也多具有明显的地方性。民间说唱作品过去多由演唱者和民间艺人口头传承。市坊间也刊刻小唱本。中华人民共和国成立后，经过记录整理的作品得以出版流传。

布依族盘歌

布依族的传统民歌。用原生态布依语创作并传唱的民间文学作品。流传于贵州北盘江流域的布依村寨中。布依族盘歌形成于春秋战国时期，伴随着布依族的产生、繁衍、发展而逐步丰富起来，是布依人民集体智慧的结晶。从内容上分，布依族盘歌涉及劳作、时政、仪式、爱情、生活环境、历史传说等诸多方面；从演唱场合分，有室内演唱和野外演唱两种形式；按演唱曲调分，可分为情歌调、礼教调、婚庆调、丧葬调等。布依族盘歌是现存的一种鲜活的布依族传统文化表现形式，表现了布依人万物有灵、生命神圣、众生平等、人与自然和谐相处的思想，以及布依人的精神、信仰、价值取向，是研究人类学、民族学、民俗学的珍贵素材。

哈尼哈吧

哈尼族民间文学的重要组成部分。“哈尼哈吧”是哈尼语，意为哈尼古歌，是哈尼族社会生活中流传广泛、影响深远的民间歌谣，是一种有别于哈尼族山歌、情歌、儿歌等种类的庄重、典雅的古老歌唱调式。流

传于滇南哀牢山哈尼族聚居地区。主要在哈尼族节日庆典、婚丧嫁娶、起房盖屋等重大场合演唱，通常在酒桌上、火塘边，一人领唱众人合，或一问一答的方式。内容涉及哈尼族古代社会的生产劳动、宗教祭典、人文规范、伦理道德、婚嫁丧葬、吃穿用住、文学艺术等，是世世代代以梯田农耕生产生活为核心的哈尼人教化风俗、规范人生的百科全书，具有非常重要的历史、科学和文学艺术价值。

哈萨克族达斯坦

哈萨克的民间说唱艺术。“达斯坦”原意为叙事长诗，9~10 世纪时是民间口述的文学形式，情节复杂、篇幅很长，每部达斯坦都有一个完整的故事，足可以唱上一天一夜。其中韵文、散文交错使用，以韵文为主。艺人表演时，散文部分用说白叙述，韵文部分一般配有较固定的曲调，用冬不拉伴奏，多为自弹自唱。唱词富于哲理和智慧，给人以深刻的启迪。哈萨克族的各种民俗文化都是通过达斯坦代代相传下来的。达斯坦歌颂了哈萨克族青年反抗压迫、争取婚姻自由的斗争精神，在哈萨克族文学史上占有重要地位。

河间歌诗

民间口头文学。流传于河北省河间一带。河间歌诗起源于汉代，主要靠口耳相传，其创始人应追溯至公元前 212 年的战国末期大儒荀子的弟子毛亨。秦始皇焚书坑儒，诸家经典多遭焚毁，荀子的弟子毛亨来到河间国武垣县（今河北河间）隐居。他在整理《诗经》的基础上，开始作训诂传。在《诗经》传播的同时，河间出现了歌诗。至今河间还流传着用古韵吟唱的《诗经》中的《关雎》、《蓼莪》等民歌。河间歌诗的名称是因为《诗经》中的每一首诗都是流行于当时的歌曲，尤其是“风”

部分均为民歌，大部分都可完整地吟唱。河间歌诗是一种古老的集民间文学、音乐于一体的综合艺术形式，是《诗经》以口头形式在民间千百年来传承不断的独特载体，促成当地形成了爱诗、写诗、研究诗的悠久传统和浓厚的文化氛围。

河西宝卷

在唐代敦煌变文、俗讲及宋代说经的基础上发展而成的一种民间吟唱的俗文学。主要流传于甘肃省河西走廊一带。它吸收和沿袭了敦煌佛经的结构，有佛教类、历史故事类、神话传说类、寓言类四种类型，内容反映了人民群众的社会生活，主题多谴责忤逆凶残，宣扬孝道和善行。其主要形式是讲唱过程中韵白结合，有说有唱，以“接佛声”为主要手段吸引听众积极参与演唱。白话是念卷人为了叙述故事情节、交代事件发展、铺叙人物关系、点明时间地点而采用的一种表演手法，以“讲”或“说”的形式来表现。而韵文则是为了寄寓善恶褒贬、推动故事情节发展、抒发爱憎情绪、烘托渲染气氛而采用的手法，以“吟”或“唱”的形式来表现。韵文体宝卷融会了各种曲调，亦加进了部分凉州民歌调，如《哭五更》、《莲花落》、《十劝人》等。河西宝卷是在敦煌俗文学的深刻影响下发展起来的，其中劝人向善、助人为乐的精神，对父母尽孝、与兄弟和睦、同他人友好的品行和勤劳生产、爱惜粮食的美德等，对培养人们的良好品德、促进精神文明建设均有一定的积极作用。

《黑暗传》

民间歌谣唱本。被称为汉族首部创世史诗。《黑暗传》这一篇名，来自 1984 年发现的中国神话民歌的手抄本，这是一种从明末清初开始流传于湖北省神农架地区的丧鼓歌。它生动形象地描述了世界形成、人类起源的历程，融汇了混沌、浪荡子、盘古、女娲、伏羲、炎帝神农氏、黄帝轩辕氏等许多历史神话人物和事件，并且与现存史书记载的有关内容不尽相同，显得十分珍贵。它作为远古文化的活化石，对于研究中国古代神话、历史、考古、文艺、宗教、民俗等都具有重要价值。

《沪谚》

在上海市陈行地区搜集的本地乡村谚语。可根据内容分为时政、修养、事理、社交、生产、自然等类别，具有五大特征：一是使用原生态的老派上海方言，可称为“历史活化石”“文化土特产”。二是真实反映旧时上海乡村农耕生活和市井平民生活风情。三是多为不知书而达理者的口头创作，显粗俗，欠文雅，但“俗而可耐”。四是由于人口多，民风扬，题材广泛，层出不穷，词条蕴藏量大于社会形态单一的地区。五是修辞手段丰富，话语“煞根”到位，却又充满善意。作为一种语言精华，沪谚能典型地反映城市变迁、历史演化、文化理念以及人文价值观的脉络。

《康巴拉伊》

藏族人在交流过程中产生的诗化的交际语言。发源于6世纪末吐蕃王朝南日松赞时期。分为祭歌、颂歌、引歌、启歌、竞歌、谜语歌、汇歌、恋歌、别离歌、贬歌、咒歌及吉祥祝福歌等12卷，每卷由一万首诗歌组成。其内容纷繁，结构紧凑，语言优美，为藏族民间诗歌的集大成，对研究藏族的历史、宗教信仰、风俗习惯、社会制度等具有一定的学术价值。

柯尔克孜约隆

帕米尔柯尔克孜族聚居区流传的一种民间礼仪歌。克甫恰克部落的传统民间口头文学的部分，在民间广为流传。其种类繁多，有劝嫁约隆、迎客约隆、谜语约隆、对唱约隆、讽刺约隆、纳萨特（劝善）约隆、铁尔灭（弹拨）约隆以及女性约隆、男性约隆等。约隆歌可以清唱，也可用库姆孜伴奏演唱。约隆歌作为跨民族、跨文化、跨地域的一个民间文学现象，与哈萨克、维吾尔、阿尔泰、图瓦、哈卡斯等北方民族的民间文学有着内在联系。

《拉仁布与吉门索》

土族民间长诗。用土族口语创作并演唱，以口耳相传的方式在群众中相沿传袭，至今仍为活态的口头文学形式。这部民间文学作品用生动的形象、深沉悲壮的语言及讲唱的形式记述了穷人拉仁布和牧主的妹妹吉门索的爱情悲剧，两人从雇主关系发展到热恋关系。由于吉门索兄嫂的百般阻挠，这对恋人的爱情终归失败。全诗以讲唱为主，共分 8 个章节。《拉仁布与吉门索》是土族群众最喜欢演唱的一首叙事情歌，在不同的流传地区有不同的风格。在演唱方式上，拉仁布与吉门索完全用土语演唱，以男女对唱为主，但不同于一般问答式对唱。演唱的曲调独特，结构清晰，层次分明。故事中拉仁布、吉门索、哥哥、嫂子等主要人物性格特征鲜明，具有广泛的群众性和独特的民族特色，为民族学、语言学和土族社会学研究提供了生动的素材。另外，《拉仁布与吉门索》所描述的故事反映了土族从游牧生产方式逐步转向农业生产方式的一个侧面，具有重要的历史研究价值。

雷州歌

记载着广东雷州半岛人民生存、劳动、生活斗争史的民歌。主要记录了雷州半岛的地理风貌以及雷州人民的生存环境、劳动生产、家庭生活、爱情婚恋、历史人文、伦理道德、风土习俗、娱乐戏谑、丧白喜庆、政治时事等。基本特征是结构严谨，平仄协调，韵律优美。每首 4 句，每句 7 字，一、二、四句末字押雷州音韵，二、四句的第 4 字是阳平声。曾出现众多韵脚，达 34 种，后经过合并成为 17 韵。韵音全按雷州方言划分，不同的韵音具有表达不同内容的功能。随着时代的变迁，雷州歌的主题思想也不断升华，具有十分宝贵的历史价值和现实意义。

刘三姐歌谣

广西壮族自治区民间流传的刘三姐歌谣。刘三姐被视为壮族的歌仙，广西宜州是刘三姐歌谣最有代表性的地区，被认为是刘三姐的故乡。刘三姐歌谣大体分为生活歌、生产歌、爱情歌、仪式歌、谜语歌、故事歌及创世古歌七大类，它具有以歌代言的诗性特点和鲜明的民族性，传承比较完整，歌谣种类丰富多样，传播广泛。它不仅具有见证民族历史和情感表述方式的文化史研究价值，还具有民族学、人类学、社会学、美学等方面的研究价值。

满族说部

满族及其先民口耳相传的一种古老的民间长篇说唱艺术。满语称“乌勒本”，汉译为传或传记。植根于满族及其先民讲古的习俗之中，源

出于满族氏族对先代英雄的崇拜。其形式与内涵迥异于听讲普通民间故事，在氏族内主要以口耳相传，代代承继。多由族中长者漱口焚香宣讲，常配以铃鼓扎板，夹叙夹唱，意在说“根子”、敬祖先和颂英烈，听者谦恭有序，分外虔敬。早期多用满语说唱，清中叶后满语渐废，遂改用汉语讲唱，其中夹杂一些满语。满族说部风格凝重，气势恢弘，包罗氏族部落崛起、蛮荒古祭、开拓创业、英雄史传、民族习俗和生产生活知识等内容，是满族及其先民历史的记忆，书中提及的历史内容有的鲜为人知，有的弥补了我国北方历史文献记载之不足，是民族史、疆域史、民族关系史，以及人类学、社会学和民俗学研究的珍贵资料，被称为北方民族的百科全书。有的已被译成俄文、日文、英文、意大利文、德文、朝鲜文等多种文字出版，丰富了世界文化宝库。

《苗族贾理》

一部文化内涵十分厚重而又濒临失传的苗族古代经典。在贵州省黔东南苗族侗族自治州等地世代口头流传。传说其雏形产生于苗族原始社会父系氏族时期。它通过对一个个故事、事件具体而平实的叙述，寓褒贬于其中，让人们领悟苗族最基本的人生观、价值观和文化观，树立评判功罪是非与美丑善恶的依据和准则，从而构建了一套基本准则，在苗族社会生活中发挥了极为重要的作用。有固定的、传统的篇章框架，分为支（苗语直译，相当于汉语的部、篇）、串或朵（苗语直译，相当于汉语的章、节）。具体的传承形式主要有办班传授、家庭传承和拜师学习三种。但无论是哪一种传承形式，在开始时都要有一个仪式。传统的传授时间一般选在苗历虎月或兔月（农历正月或二月）的月初至十五期间举行。传授地点须在室内，女性不参加传授学习。《苗族贾理》集苗族古代文学、史学、哲学、法学、语言学、民俗学、自然科学、巫学等于一身，被誉为苗族古代社会的“百科全书”、“圣经”和“法典”。

坡芽情歌

一部由81个图画符号记录在土布上的壮族爱情民歌集。主要流

传于以云南省富宁县坡芽为中心的六益、者宁，归朝的那贯、老街三寨，者桑乡的百比以及花甲乡等地的壮族村寨。它用原始的 81 个图案将壮族民歌记录于土布上，每一个图案代表一首诗歌。整部歌集记录了一对青年男女从相遇到相识、相知、相恋并相约白头到老的情感历程。其中蕴含着非常丰富的壮族文化内容，形象生动地反映了壮族人民的劳动生活以及多姿多彩的民风民俗。这些民歌皆独立成篇，以壮语北部方言演唱，男女相对，一唱一和；句式多为五言，每首四句或数十句不等，以首尾韵、腰尾韵和尾韵为主要押韵方式，韵律严密和谐；其中多运用流传于右江流域壮族地区的“分打捞”、“分标”、“分呃哎”、“分戈麻”等壮族山歌小调形式，曲调抒情优美。坡芽情歌作为坡芽一带壮族有代表性的文化现象，形成了自成体系的民族语言和以“那”（壮语“稻田”）文化为中心的民族文化体系，显示出了壮族特有的文化个性和地域文化特征，对研究壮族历史、文字、民俗、民间音乐都具有重要的价值。

青林寺谜语

湖北省民间广为流传的口头文学艺术。青林寺位于湖北省宜昌市高

坝洲境内。这里擅长制谜、猜谜，其谜语数量丰富，约有 5000 则，品类繁多，物谜、事谜、字谜都有。乡土气息浓郁，当地的自然资源、气候物产、风尚习俗、村民生活劳作方式及器具等，都透过谜面与谜底表现得极为鲜活生动。它集娱乐性、趣味性、知识性于一体，具有鲜明的地方特色，对研究我国民间文学、民俗学、方志学等有重要的参考价值。其中有许多反映旧时代的事谜和物谜，不但从深度上揭示了这个峡江村落的历史演进和历史渊源，更从广度上折射出青林寺农民文化知识的提升及科学意识的闪光。乡民们在后来的制谜实践中，把道德要求和做人标准融入谜语，促进了地方风气的积极向上。在青林寺，人们通过猜谜活动学习知识，认识世界。并且，谜语已经成为激发孩子们识字的重要手段，村小学也开设了专门的制谜课程。青林寺谜语是一座活态文化的宝库，被誉为“具有世界意义、值得我国和有关国际组织认真关注的口述和非物质性人类文化宝贵遗产”。

畲族小说歌

畲族的长篇故事歌。发源于福建省霞浦县侯南镇白露坑村，是畲族民众创造的独特的文学样式和文化载体。以其内容来看，畲族小说歌大都取材于中国民间戏曲、曲艺中流传的故事，而与畲族的日常杂歌有别。其基本特点是：叙事性强，有故事情节，有严谨的结构章法，每篇由众多的单首组成，单首的结构为四行，每行七字，类似汉语的“七绝”；运用多种技法对人物形象进行艺术加工；作者的署名被巧妙地隐藏在歌尾。由于畲族小说歌内容丰富，形式多样，语言明快，音韵和谐，不用典故，不事夸张和粉饰，融叙事、咏物、抒情为一体，朴实真切，因而得到畲族民众的广泛认同。它不仅是畲族歌谣中的精髓，也是畲族最具代表性的文化表现形式和闽东地区最有特色的艺术类别。小说歌在畲族文化史和文学史上占有重要的地位，是畲族文化发展中一个进步性的产物。

四季生产调

哈尼族梯田农耕经验的总结。流传于云南省红河哈尼族彝族自治州红河、元阳、绿春、金平、建水等县的哈尼族聚居区。其起源时间的下限不晚于唐代。作为山区梯田生产技术及其礼仪禁忌的百科大典，哈尼族四季生产调包括引子、冬季、春季、夏季和秋季五大单元的内容。引子部分强调祖先传承下来的四季生产调对哈尼族的生存所具有的意义，其余部分按季节顺序讲述梯田耕作的程序、技术要领，以及与之相应的天文历法知识、自然物候变化规律、节庆祭典知识和人生礼节规范等。四季生产调体系严整，通俗易懂，可诵可唱，语言生动活泼，贴近生产、生活，而且传承历史悠久，具有广泛的群众基础。它不仅是梯田生产技术的全面总结，也是哈尼族社会伦理道德规范的集大成之作。四季生产

调见证了哈尼族梯田稻作文明的变迁历程，对人类梯田稻作文明所具有的历史和科学价值的研究具有重要的参考价值。同时，它直白、朴素、幽默风趣的语言表述风格给人以亲切的艺术享受和审美体验。无论是过去还是现在，口传心授的四季生产调都在哈尼族社会的生产、生活中起着指导作用。

《陶克陶胡》

民间艺人根据陶克陶胡的真人真事创编出的同名说唱体民间文学。广泛流传于整个科尔沁草原、哲里木盟、兴安盟，甚至呼伦贝尔盟一带。陶克陶胡，20世纪初蒙古族反抗蒙古封建王公及清廷的起义领袖。人们为了纪念这位用自己生命保卫家园的民族英雄，创作了长篇叙事琴书、民歌《陶克陶胡》，全面记叙了陶克陶胡率领贫苦牧民反垦抗清，反封建王公和军阀政府掠夺土地的正义斗争。作品塑造了陶克陶胡这位主持正义，为民请命，为了保卫家乡的土地，不畏强暴的英雄形象，讴歌了蒙古族人民不屈不挠的斗争精神。其故事情节生动曲折，语言凝练，音律铿锵，曲调跌宕起伏，具有极强的艺术感染力，其民间文学价值极为珍贵，同时又具有很高的历史学和民族学价值。

桐城歌

安徽省桐城市的一种地方曲调。它是一种韵文形式的民间文学，又是融词、曲、表演于一体的综合艺术。它源自人民群众的生活与生产，又在世代流传中不断凝练与升华。桐城歌品种繁多、内容丰富，主要有山歌、民谣、小调三大类组成，每个歌种又相当丰富。这些歌谣如泣如诉，或喜或忧，情真意切地表达了人民群众劳动生产中的愉悦，纯洁坚贞的爱情，四时八节婚丧嫁娶的乡风民俗，颇具哲理的娓娓规劝，以及深沉压抑与痛苦中的愤懑等。桐城歌是桐城民俗的一种重要形式，是中国歌谣发展史上值得重视的文化现象，对吴中山歌、扬州清曲、土家族情歌等民间歌谣起着范本性借鉴作用。

童谣

为儿童作的短诗。强调格律和韵脚，通常以口头形式流传。童谣在千百年的历史传承中，形成了十几种备受儿童喜爱的特殊的传统艺术形式。如摇篮曲、游戏歌、数数歌、问答歌、连锁调、拗口令、颠倒歌、字头歌和谜语歌等。内容取材贴近生活和自然，浅显易懂，思想单纯；想象丰富，富有情趣；篇幅简短，结构划一；语言活泼，富于音韵，朗朗上口。通过传唱童谣，孩子们既可以得到快乐，又可以学到知识，还有助于提高审美能力，塑造开朗乐观的人格，形成良好的思想品德，养成正确的行为习惯，乃至对中华民族语言美感的熏陶都有着潜移默化的影响。

土家族哭嫁歌

土家族一种历史悠久、奇特的婚俗歌。广泛流传于土家族区域，是在哭嫁仪式上所唱的抒情歌谣，是仪式活动所构成的固定曲牌及固定辞章。它是在特定历史时期女性出嫁时宣泄心中真情实感的一种演唱形式，也是新娘为了表达离别之情，由新娘哭诉、亲人们劝慰开导的一种以哭伴歌的口头文学形式。它抒情性强，曲调低沉，十分悲戚，哀婉动人，催人泪下，被誉为中国式的咏叹调，有又哭又唱、只唱不哭和只哭不唱三种。唱词多用土家语或地方方言的口语和俗语，有些沿用遗留下来的程式句子，但大多都是即兴创作，句式自由，多以七字句为主，短的十句八句，长的可至几十上百句。多用比兴，联想，夸张等手法，通俗易动。它不仅体现了土家文化的多样性，在一定程度上反映了土家族原始婚俗和社会的变迁。

万荣笑话

山西省万荣县及河东地区广泛流传的群众性口头创作。它从过去的荣河七十二争故事演化而来，都是以讲“争气”为主的。故事大体的模式是：你不叫我这样，我偏要这样；大家都不这样，我偏要这样；从一般常规上讲不能这样，而我偏要这样。它首先带有荣河七十二争故事的执拗、要强、不服人、不听劝、硬上坡等意味。其次，还具有喻理性、幽默感、可笑性、广泛性、群众性、开放性和可塑性等特点。万荣笑话生动有趣，机智幽默，来源于人们生活中的谐趣言行，具有丰富的知识性和趣味性，可以让人领略笑文化的深厚底蕴，了解笑文化的演绎轨迹。

维吾尔族达斯坦

维吾尔族历史悠久的一种曲艺形式。“达斯坦”为维吾尔语，意为叙事长诗。流行于南疆的喀什、和田、阿图什、阿克苏、刀郎、库车和东疆的哈密、吐鲁番以及北疆的伊犁等地区。作为曲种的达斯坦，是以说唱长篇韵文故事为基本特征的。篇幅较长，常有完整的故事和贯穿的人物。内容非常广泛，包括历史事件、英雄人物、爱情故事等。由1~3人演唱，主演者手持热瓦甫或都它尔、弹拨尔、沙塔尔自弹（拉）自唱。助演者或持上述乐器伴奏，或持手鼓、石片等打击乐器击节，或不持乐器帮腔助唱。演出场所遍及集市、茶馆，宴会上也可说唱。唱词为多段体分节歌式。以民间叙事表演艺人的说唱形式代代相传。根据内容和形式，可分为英雄达斯坦、爱情达斯坦、历史达斯坦和江那麦（宗教达斯坦）。它在反映劳动人们历史、现实生活的同时，还体现出了维吾尔族的民俗文化、审美价值和哲学思想。

吴歌

吴语方言地区广大民众的口头文学创作。发源于江苏省东南部，苏州地区是吴歌产生发展的中心地区。吴歌源远流长，口口相传，代代相袭，具有浓厚的地方特色。它以民间口头演唱方式表演，口语化的演唱是其艺术表现的基本方式。吴歌是徒歌，在没有任何乐器伴奏的情况下吟唱。其类型大致有引歌（俗称“歌头”，长篇叙事歌称“闹头”）、劳动歌、情歌、生活风俗仪式歌、儿歌和长篇叙事歌等几种。刘半农为顾颉刚的《吴歌甲集》作序说：吴歌的意趣不外乎“语言、风土、艺术三项”，而“这三件事，干脆说来，就是民族的灵魂”。吴歌不仅是吴语地区至今仍然存活在民间的口头文学形式，具有一定的认识价值（社会、历史、风土、世界观等）和审美价值（艺术），而且也是研究方言的珍贵资料。

彝族克智

彝族民间脍炙人口、广为传诵的诗体口传文学。克义为口、嘴巴，智有移动、搬迁、退让等意。克智有辩嘴、夸口演说、比赛说唱等意思，它是以相互论辩的方式来讲述传统、探究奇闻趣事、明辨事理、叙述历史的口承文学，是彝族人民在长期的生产生活中形成的文化积淀，具有十分悠久的历史。早在 2000 多年前，以克智论辩为形式的歌场制度就已兴起。彝族人民自古以来十分崇尚辩论，珍视克智论辩，代代相传。在彝语北部方言的地区，每到婚礼、丧葬、节庆、送灵等群体集会场所，具有一定见识的和擅长语言艺术的人们都要聚在一起趁着酒兴展开克智的口头论辩演述。克智既是一种内容丰富、形式灵活的文化范本，也是知识性、趣味性和娱乐性兼而有之的文化形式，富有民族特色。

酉阳古歌

巫傩师在祭祖崇拜或祈求丰产和驱邪还愿活动中吟诵或唱诵的文辞。流传于酉阳土家族苗族自治县，风格诡谲，源头可以追溯到上古时代的巫歌，是劳动人民长期积累的自然知识和社会知识的总汇。有双句押尾韵的自由体和两句一节，四句一节句尾押韵的格律体，多为四言七言句式，穿插连接，有高腔与平腔两种唱腔，颇有韵味。

藏族婚宴十八说

青海省东部藏族聚居区流传的一种民间口头文学。具体内容有：一、祭神。姑娘出嫁之日的清晨，由其家人焚香祭祀山神及家神，保佑姑娘从此走上新的人生路程。二、梳辫说。从部落中挑选手脚勤快、有夫有子女、容貌出众、口碑好的中年女子二至三人为出嫁姑娘梳辫，同时由其哥哥或其他长辈致辫发词。三、梳子说。一般由梳辫的女子来说。四、哭嫁歌。姑娘即将出门时，由她或其姐姐等女性说的分别词。五、出路歌。也是由姐姐等女性说的一种分别词。六、父母的教诫。临上马时，新娘的父母拉着女儿的手说的一种词。七、马说。送亲队伍骑马至新郎家附近时，由迎亲人员赞颂送亲队伍的马，因马是以前结婚时最常用的交通工具，甚至对马鞍等都有相应的说词。八、垫子。等马的颂词说完了，骑马的送亲队伍即将下马时，将提前备好的垫子铺在地上，让送亲队伍下马，此时，就有垫子的赞颂词。九、土地颂。送亲队伍下马接过哈达，喝了迎宾酒后，就要祭当地的山神，表示我踏入了你的地盘，请多多关照。十、房屋。进入新郎家后，先要祭新郎家的护法神，继而赞颂房屋。十一、茶。当第一杯香喷喷的奶茶端到手里后，就要展开茶说，

之后便可开饭。十二、酒。当饭吃到一定的时候，就要开始敬酒，此时有酒说。十三、婚礼宴说。等酒足饭饱后，开始婚礼宴说，这是婚礼中最主要、也是最精彩的部分，一般由送亲队伍中资格最老的人来说。十四、系腰带。送亲队伍给新郎系一条新腰带，一般由新娘的哥哥等人边系腰带边说。十五、衣服。给新郎系好腰带后，便开始将新娘的衣服一件件晾出来，并开始衣服说。十六、祝福。等前面的手续基本结束后，便有一老人祝福新郎新娘。十七、嘱托。婚礼快结束时，由新娘的家人将新娘嘱托给新郎父母亲及其亲朋好友。十八、吉祥。婚礼结束时有一段吉祥词，是对婚礼的总结，也是对未来的祝愿。藏族婚宴十八说承载着悠久的历史传统和浓郁的民族特色，在藏族历史学、民俗学、民族学、语言文学方面的研究价值很高。

珠郎娘美

贵州省侗族人民的戏剧作品。清末，贵州从江县侗族戏师梁耀庭、梁少华根据贵州侗族聚居地区流传的珠郎娘美故事与民间叙事歌，改编成侗戏剧本。剧中人物 86 人，全部唱词 5800 余句，是侗戏中影响较大的作品。全剧以侗族妇女娘美毕生坎坷的遭遇为主线，相当广泛地描绘了历史上侗族农村生活图景。剧本描写榕江县三保地方侗族农家姑娘娘美与同村青年珠郎相爱，但受到封建的女还舅家制度的约束。娘美不愿嫁给舅父的儿子，便偕珠郎逃婚，到从江县贯侗寨财主银宜家帮工谋生。银宜垂涎娘美美貌，勾结头人蛮松，处死珠郎，诱逼娘美成亲。娘美设计打死银宜，为珠郎复仇。全剧突出了娘美对爱情的忠贞和与恶势力斗争的智慧，富于民族生活的色彩。

祝赞词

中国北方蒙古游牧民族传统的民间文学形式。一种有一定韵调、语言自然流畅、兴致所至一气呵成的自由诗。祝赞词最初产生于劳动，是蒙古族猎户、牧民集体的口头创作作品。最早由萨满祭词演变而来，在特定的环境中，经特定的礼俗，由特定的人吟诵。古老的祝 词、赞词多为对天地山川、自然万物的赞颂，对渔猎畜牧生产的祈求祝福。随着社会生产的发展，人们逐渐对大自然有了进一步的认识，民间祝赞词也渐渐褪去了原始宗教的色彩，取而代之的是对劳动生产的直接描述以及对劳动果实的热烈赞美。祝赞词中最为精彩且数量最多的是赞美日常生活的作品，是蒙古族人民对生活与人生热爱之情的体现，充满了积极向上的精神和美好善良的愿望，它给人以鼓励和希望，促使人积极生活，不断奋进。

壮族嘹歌

壮族长篇古歌。流行于广西壮族自治区右江中游的平果、田东、田阳县和红水河流域的马山县、大化瑶族自治县以及邕江流域的武鸣县境内。内容相对固定，而且全部用古壮字传抄流行。属于双声部的山歌，分高声部和低声部，以两两对唱的形式进行对歌。唱词基本为五言四句。有一个共同的特点，即韵律上都是腰脚韵或头脚韵互押。曲调比较丰富，一般不固定哪些歌词用哪个曲调，也可以用不同曲调唱同一首词。通过千百年的传唱，嘹歌与当地的方言融合形成了哈嘹、嘶咯嘹、的客嘹、那海嘹、长嘹、酒嘹等各具特色的曲调。人们用它来传递感情，开展社交活动，婚丧喜事、谈情说爱、结交朋友、农事活动等，被称为“真正的原汁原味的壮民族音乐”，“是一部未经刊行的壮民族古代原生态百科全书”。

第六篇

叙事诗

民间文学中的叙事诗常被简称为“故事诗”或“故事歌”。它是一种韵文或韵散结合的民间诗歌，常用于表现人世间的矛盾斗争、悲欢离合，具有较比完整的叙事情节和鲜明的人物形象。内容上以现实生活为主，形式上它必备的三大艺术要素为：韵文的体式，具有完整的叙事情节和鲜明的人物形象。

叙事诗结构方式大都比较简单，多数按事件发生的时间顺序铺陈，单向推进，少有枝蔓，较为多见的程式是序歌——主歌——尾声。叙述方式通常采用第三人称。表演中反复吟咏的句式结构，造成重点突出，一唱三叹的艺术效果。语言表达多用比兴、夸张、拟人化手法，给人清新、亲切之感。演唱完整的叙事诗需要具一定技能、技巧的歌手，有的民族有自己的专业歌手，甚至有级别区分，如傣族的章哈、哈萨克族的阿肯。富有经验的专业歌手有临场创作、发挥的才能，能抓住时机将故事中的主人公、听众与自己的感情融为一体，制造出强烈的现场氛围。有的民族歌手在演唱叙事诗时还有乐器伴奏。叙事诗除以口头文本流传外，还有手抄、印刷的书面文本。

《阿诗玛》

云南省石林彝族自治县彝族支系撒尼人中间流传的叙事长诗。其原形态是用撒尼彝语创作的，分为南北两个大同小异的流派，使用口传诗体语言，讲述或演唱阿诗玛的故事。它以五言句传唱，其中使用了伏笔、夸张、讽刺等手法和谐音、顶针、拈连、比喻等技巧，内容和形式完美统一。其作为叙事诗可讲述也可传唱，唱调有喜调、老人调、悲调、哭

调、骂调等，不受固定场所限制，可在婚嫁、祭祀、葬仪、劳动、生活等多种不同场合中传唱、讲述。阿诗玛不屈不挠地同强权势力作斗争的故事，揭示了光明终将代替黑暗、美善终将代替丑恶、自由终将代替压迫与禁锢的人类理想，反映了彝族撒尼人“断得弯不得”的民族性格和民族精神，是撒尼人民经过千锤百炼而形成的集体智慧结晶，具有广泛的群众性。

《刻道》

具有浓郁民族气息的苗族婚姻叙事长诗。汉语译为《苗族开亲歌》，主要流传于贵州省黔东南苗族侗族自治州施秉县杨柳塘镇飞云大峡谷的一个山坡洼地里。它产生于苗族母系氏族过渡到父系氏族之后的一段历史时期，是苗族历史最长、规模最大、流传最广的酒歌，有一万多行的歌词。它是苗族先民们在长期的生产、生活实践中创造、积累和演变而形成的，其间吸收了其他民族优秀的民歌精华，形成了苗族诗歌独具的特色和风格。《刻道》对环境的描写，对人物语言、行动、心理和性格的刻画，绘声绘色、栩栩如生。虽然其中有关于民族迁徙、图腾崇拜等方面的内容，但它所反映的主要是舅权制下的婚姻状况，被称为苗族最古老的婚姻活化石。《刻道》不仅有很高的文学艺术成就，在苗族的起源和迁徙、图腾崇拜、数学知识、语言学等方面研究上也具有重要的价值。

《洛奇洛耶与扎斯扎依》

哈尼族民间叙事长诗。广泛流传在云南南部，特别是流传在思茅地区的墨江、江城、普洱和玉溪市的元江、新平哈尼族聚居的广大村寨中。共有 10 辑 1021 行。长诗记叙了洛奇洛耶和扎斯扎依的出生、成长、相会、成亲到领头抗租、英勇不屈、壮烈献身，不仅反映出了哈尼族优秀青年追求自由、不畏强暴的坚强品格，也较全面地反映了哈尼人民的生产生活状况、民风民俗、婚姻关系和当时街市热闹的小商品交流场面。尤其是有一些关于人的艺术描写，朴实、深刻而形象，表现了哈尼人淳厚、纯真而倔强的民族性格，也唱出了边疆兄弟民族的智慧与觉醒。

它颂扬了真善美，鞭挞了假恶丑，激励着一代一代哈尼人民勇敢地去生活，去追求美好的理想。

《召树屯与喃木诺娜》

一部以爱情为主线的叙事长诗。流传于整个傣族地区。主要讲述了勐板加国的王子召树屯与勐董板孔雀国的公主喃木诺娜在金湖边相遇，获得美好爱情，但战祸带来灾难，破坏了美好的爱情，最终王子经过千辛万苦，重新找回美好爱情的故事。长诗深受傣家人喜爱，有口头韵文体和书面韵文体两种形式。

长诗是傣族文化的经典之作，在我国文学史上也占有一席之地。

《仰阿莎》

苗族民间广泛流传的一首古代神话爱情叙事歌。作品以诗体语言讲述仰阿莎从井里生出来后，由于长得非常美丽，各种鸟兽都非常倾慕她，追求她，但仰阿莎只和他们友好相处，却没有接受他们的爱情。后来天上的太阳看中了仰阿莎，指使乌云做媒，乌云施展种种手段，迫使仰阿莎嫁给了太阳。但太阳并没有把美丽的妻子放在心上，为名利整天在外面奔跑，一连六年不归家，仰阿莎就这样寂寞又痛苦地生活了六年。在太阳家里，唯一和她相处的人就是月亮。月亮虽说是太阳的弟弟，但在家里实际是太阳的长工。月亮勤劳而诚实，很同情仰阿莎，仰阿莎在月亮那里得到了她不曾得到过的温暖，而且也从月亮身上看到她所幻想的东西。后来，她爱上了诚实的月亮，他们逃到了很远的地方结为夫妻。事后经过理老的评理，仰阿莎与月亮终于获得胜利，而月亮也把江山赠

给太阳。

《仰阿莎》采用神话的方式、多种比兴手法，生动、贴切地刻画了这几个主要人物的形象和人物之间的关系，完成了仰阿莎作为苗族美神的塑造，构成完整的故事情节，反映了苗族人民对婚姻自由和幸福的理想，也表现了苗族人民为追求这个理想而斗争的决心。